헌신

인내력

의리

해리 포터 시리즈

읽는 순서:
해리 포터와 마법사의 돌
해리 포터와 비밀의 방
해리 포터와 아즈카반의 죄수
해리 포터와 불의 잔
해리 포터와 불사조 기사단
해리 포터와 혼혈 왕자
해리 포터와 죽음의 성물

라틴어로도 읽을 수 있는 책:
해리 포터와 마법사의 돌
해리 포터와 비밀의 방

웨일스어, 고대 그리스어, 아일랜드어로도 읽을 수 있는 책:
해리 포터와 마법사의 돌

함께 읽을 책
신비한 동물 사전
퀴디치의 역사
(코믹 릴리프와 루모스를 돕고자 출간되었음)
음유시인 비들 이야기
(루모스를 돕고자 출간되었음)

이 세 권은 또한 다음의 시리즈로 출간되었습니다:
호그와트 라이브러리
(코믹 릴리프와 루모스를 돕고자 출간되었음)

일러스트 에디션
짐 케이 일러스트
해리 포터와 마법사의 돌
해리 포터와 비밀의 방
해리 포터와 아즈카반의 죄수
해리 포터와 불의 잔

올리비아 L. 길 일러스트
신비한 동물 사전

크리스 리델 일러스트
음유시인 비들 이야기

J.K. ROWLING

해리포터

HARRY POTTER

마법사의 돌

2

J.K. 롤링 지음 | 강동혁 옮김

HUFFLEPUFF

문학수첩

HARRY POTTER & THE PHILOSOPHER'S STONE

First published in Great Britain in 1997 by Bloomsbury Publishing Plc
This edition Published in October 2017
Text © J.K. Rowling 1997
Cover and interior illustrations by Levi Pinfold © Bloomsbury Publishing Plc 2017
Wizarding World is a trade mark of Warner Bros. Entertainment Inc.
Wizarding World Publishing and Theatrical Rights © J.K. Rowling
Wizarding World characters, names and related indicia are TM and © Warner Bros.
Entertainment Inc. All rights reserved.
Korean translation copyright © 2022 by Moonhak Soochup Publishing Co., Ltd.

이야기를 사랑하는 제시카,

역시 이야기를 사랑하는 앤,

그리고 이 이야기를 가장 먼저 들었던 디에게.

CONTENTS

해리 포터와 마법사의 돌 10장~17장 … 9

기숙사 배정 … 242

호그와트 퀴즈 … 243

기숙사 휴게실 … 248

기억할 만한 후플푸프 학생 … 249

유명한 후플푸프 출신 … 250

후플푸프 기숙사 담임 교수 … 252

기숙사 우승컵 … 254

10장
핼러윈

다음 날에도 해리와 론이 호그와트에 있는 것을 본 말포이는 자기 눈을 의심했다. 그들은 지쳐 보이기는 했지만 아주 신난 얼굴을 하고 있었다. 사실, 다음 날 아침이 되자 해리와 론은 머리 세 개 달린 개와의 만남을 멋진 모험이라고 생각하게 되었으며 그런 모험을 또 한 번 하게 되기를 간절히 바랐다. 그사이 해리는 론에게 그린고츠에서 호그와트로 자리를 옮긴 것으로 추정되는 꾸러미에 대해 이야기해 주었고, 두 사람은 그토록 삼엄한 보호를 받아야 하는 물건이 대체 뭘까 궁금해하며 시간을 보냈다.

"진짜 귀중하거나 진짜 위험한 물건일 거야." 론이 말했다.

"아니면 둘 다든지." 해리가 말했다.

하지만 그들이 그 신비로운 물건에 대해 확실히 아는 거라고는 길이가 5센티미터 정도라는 것뿐이었으므로 그 이상의 단서가 없다면 그것이 뭔지 알아맞힐 가능성은 거의 없었다.

네빌도 헤르미온느도, 그 개와 개가 지키고 있던 뚜껑문 아래 뭐가 있는지에 대해서는 눈곱만큼도 관심을 보이지 않았다. 네빌이 신경 쓰는 것은 오직, 다시는 그 개 근처에 가지 않는 일뿐이었다.

헤르미온느는 이제 해리랑 론과 말도 섞지 않으려고 했는데, 워낙 남의 머리 꼭대기에 서서 똑똑한 체하는 아이였기 때문에 해리와 론은 오히려 다행이라고 생각했다. 지금 두 사람이 진정 바라는 것은 말포이에게 앙갚음할 기회였다. 그리고 굉장히 기쁘게도, 1주일 뒤 우편물과 함께 바로 그 기회가 도착했다.

부엉이들이 평소와 다름없이 대연회장으로 쏟아져 들어왔을 때 모두의 관심은 곧바로 여섯 마리의 커다란 가면올빼미가 들고 온 길쭉한 꾸러미에 쏠렸다. 다른 학생들처럼 그 커다란 소포를 궁금해하던 해리는 가면올빼미들이 휙 내려와 그 앞에 떨어뜨린 소포 때문에 베이컨이 바닥에 쏟아지자 깜짝 놀라고 말았다. 가면올빼미들이 퍼덕거리며 길을 비키기 무섭게 또 다른 부엉이 한 마리가 소포 위에 편지 한 통을 떨어뜨렸다.

편지를 먼저 뜯어봐서 다행이었다. 편지에는 이렇게 적혀 있었다.

식탁에서 소포를 뜯어보지 말 것.

소포 안에 네가 쓸 신형 님부스 2000이 들어 있는데, 너한테 빗자루가 생겼다는 사실을 다른 학생들이 알지 못했으면 좋겠구나. 그랬다간 다른 아이들도 저마다 하나씩 갖고 싶어 할 테니 말이다. 올리버 우드가 오늘 밤 너와 첫 훈련을 하기 위해 저녁 7시에 퀴디치 경기장에서 기다리고 있을 거다.

M. 맥고나걸 교수

론에게 읽어 보라고 편지를 넘기면서도 해리는 신나는 기분을 감추기가 어려웠다.

"님부스 2000이라니!" 론이 부러움에 신음 소리를 냈다. "나는 한 번 만져 본 적도 없는데."

해리와 론은 첫 번째 수업에 들어가기 전 남몰래 빗자루를 뜯어보고 싶어서 서둘러 대연회장을 나섰다. 그런데 현관홀로 가는 길에 보니 크래브와 고일이 위층으로 가는 길을 막고 있었다. 말포이가 해리에게서 소포를 빼앗더니 만지작거렸다.

"빗자루잖아." 말포이가 질투와 악의가 섞인 얼굴로 해리에게 소포를 던지며 말했다. "이번에야말로 그냥 못 넘어갈 거다, 포터. 1학년들은 빗자루를 가질 수 없어."

론이 참지 못하고 말해 버렸다.

"이건 그냥 빗자루가 아니야." 론이 말했다. "님부스 2000이라고. 너희 집에 있다는 빗자루가 뭐였지, 말포이? 코밋 260이었나?" 론이 해리를 보고 씩 웃었다. "코밋 시리즈도 화려해 보이기는 하지. 님부스랑은 비교도 안 되지만."

"네가 뭘 알겠냐, 위즐리. 코밋 손잡이 반 토막 살 돈도 없으면서." 말포이가 마주 쏘아붙였다. "너랑 너희 형들이 코밋을 갖고 싶으면 잔가지부터 한 가닥씩 모아야 할걸."

론이 뭐라고 대답하기도 전에 플리트윅 교수가 말포이의 팔꿈치 근처에서 모습을 드러냈다.

"싸우고 있는 건 아니겠지, 얘들아?" 플리트윅 교수가 높은 목소리로 말했다.

"포터가 빗자루를 받았어요, 교수님." 말포이가 재빨리 말했다.

"아, 그래그래." 플리트윅 교수가 해리를 향해 환하게 웃으며 말했다. "맥고나걸 교수님이 특수한 상황에 대해서 얘기해 주셨다, 포터. 무슨 모델이라고 했지?"

"님부스 2000입니다, 교수님." 일그러지는 말포이의 표정을 본 해리가 웃음이 나오려는 것을 참으며 말했다. "제가 이 빗자루를 갖게 된 건 여기 있는 말포이 덕분이에요." 해리가 덧붙였다.

해리와 론은 말포이가 분노와 혼란스러움을 감추지 못하는 모습을 보고 웃음을 억누르며 위층으로 향했다.

"뭐, 사실이잖아." 대리석 계단 꼭대기에 다다랐을 때쯤 해리가 깔깔대고 웃었다. "걔가 네빌의 리멤브럴을 가져가지 않았다면 내가 대표팀에 들어갈 일도 없었을 테니까……."

"그러니까 규칙을 어겨서 상을 받았다고 생각한다는 거니?" 뒤에서 화난 목소리가 들려왔다. 헤르미온느가 해리의 손에 들린 꾸러미를 못마땅하게 바라보면서 계단을 쿵쿵대며 올라오고 있었다.

"우리랑 말 안 하기로 한 줄 알았는데?" 해리가 말했다.

"그래, 이제 와서 결심을 꺾지 말라고." 론이 말했다. "우리한텐 정말 좋은 결정이었거든."

헤르미온느는 도도한 표정을 지으며 당당한 발걸음으로 멀어져 갔다.

해리는 그날 수업에 집중하기가 정말 힘들었다. 붕 뜬 마음이 자꾸만 침대 밑에 새 빗자루가 놓여 있는 기숙사 침실이나, 그날 밤 경기 규칙을 배우기로 한 퀴디치 경기장을 떠돌아다녔기 때문이다. 해리는 뭘 먹는지도 모른 채 빠르게 저녁 식사를 마치고 론과 함께 위층으로 달려가 마침내 님부스 2000의 포장을 뜯었다.

"와." 빗자루가 해리의 침대보 위로 굴러 나오자 론이 한숨과도 같은 탄성을 내뱉었다.

빗자루들이 서로 어떻게 다른지 전혀 모르는 해리의 눈에도 님부스 2000은 훌륭해 보였다. 마호가니나무 손잡이가 달린 매끈하고 반짝거리는 빗자루 끝에는 깔끔하니 곧은 긴 가지들이 달려 있고, 손잡이 맨 앞쪽에는 '님부스 2000'이라는 글사가 금색으로 새겨져 있었다.

7시가 다가올 즈음 해리는 성을 나와 어두워진 퀴디치 경기장으로 향했다. 전에는 한 번도 경기장 안에 들어가 본적이 없었다. 수백 개의 좌석이 경기장 둘레에 높이 솟아 있어, 관중은 높은 곳에서 경기를 지켜볼 수 있었다. 경기장 양쪽 끝에는 꼭대기에 고리가 달린 황금 장대가 세 개씩 있었다. 그 고리를 보자 머글 아이들이 비눗방울을 불 때 쓰는 작은 플라스틱 막대기가 떠올랐다. 다만 저 고리는 높이가 15미터나 되었다.

마냥 우드만 기다리기에는 다시 날아 보고 싶은 마음이 너무 간절해서 해리는 빗자루에 올라타 땅을 박차고 올랐다. 정말 기분이 좋았다. 해리는 골대 안팎을 휙휙 드나들고 경기장 위아래로 속도를 냈다. 님부스 2000은 해리가 살짝 건드리기만 해도 어디로든 방향을 틀었다.

"어이, 포터, 내려와!"

올리버 우드가 도착했다. 팔에 커다란 나무 상자를 낀 채였다. 해리는 우드 옆에 내려섰다.

"정말 멋진데." 우드가 눈을 빛내며 말했다. "맥고나걸 교수님이 왜 그런 말씀을 하셨는지 알겠다. 너 정말 타고났구나. 오늘 저녁에는 규칙만 알려 줄 생각이야. 그런 다음 팀에 합류해서 1주일에 세 번씩 훈련하게 될 거고."

우드가 상자를 열었다. 안에는 크기가 서로 다른 공 네 개가 들어 있었다.

"좋아." 우드가 말했다. "자, 퀴디치 규칙은 그렇게 어렵지 않아. 어려운 건 실제로 경기를 하는 거지. 각 팀에는 일곱 명의 선수가 있어. 그중 세 명을 추격꾼이라고 해."

"추격꾼이 세 명." 해리가 되풀이했다. 그사이 우드는 축구공만 한 밝은 빨간색 공을 꺼냈다.

"이 공은 쿼플이라고 해." 우드가 말했다. "추격꾼들은 서로 쿼플을 주고받다가 저 고리 중 하나에 통과시켜 골을 넣지. 쿼플이 고리를 한 번 통과할 때마다 10점이야. 여기까지 이해 가지?"

"추격꾼들이 쿼플을 던져서 고리에 통과시키면 점수를 얻는다." 해리는 우드가 한 말을 외워 보았다. "그러니까…… 빗자루를 타고 하는, 골대 여섯 개짜리 농구 같은 거네?"

"농구가 뭔데?" 우드가 궁금하다는 듯 물었다.

"아무것도 아냐." 해리가 재빨리 말했다.

"자, 그다음 양 팀에는 파수꾼이라는 선수가 한 명씩 있어. 내가 그리핀도르 파수꾼이야. 나는 고리 주위를 날아다니면서 상대 팀이 득점하는 걸 막아야 해."

"추격꾼 셋, 파수꾼 하나." 규칙을 모조리 외우기로 마음먹은 해리가 말했다. "추격꾼과 파수꾼은 쿼플을 가지고 경기한다. 응, 그건 알겠어. 그럼 저건 뭐에 쓰는 거야?" 해리가 상자에 남아 있는 공 세 개를 가리켰다.

"보여 줄게." 우드가 말했다. "이거 받아."

우드는 해리에게 라운더스(영국 학생들이 하는 야구 비슷한 경기―옮긴이) 방망이와 비슷하게 생긴 작은 방망이 하나를 건네주었다.

"이제 블러저가 어떤 역할을 하는지 보여 줄게." 우드가 말했다. "이 공 두 개가 블러저야."

우드가 똑같이 생긴 공 두 개를 보여 주었다. 새까맣고, 크기는 빨간색 쿼플보다 조금 작았다. 상자 안에 가죽끈으로 묶여 있는 공들이 탈출하려고 안간힘을 쓰는 듯한 모습이 해리의 눈에 띄었다.

"물러서." 우드가 해리에게 경고하더니 허리를 구부려 블러저 하나를 풀어 주었다.

그 순간, 검은 공이 하늘 높이 솟아올랐다가 해리의 얼굴로 곧장 날아왔다. 해리는 공에 맞아 코가 부러질까 봐 얼른 방망이를 휘둘렀다. 얻어맞은 공은 지그재그를 그리며 공중으로 멀리 날아갔다. 블러저가 두 사람의 머리 주위로 붕 날아오더니 우드에게 돌진하자, 우드는 공 위로 몸을 던져 간신히 바닥에 고정시켰다.

"봤지?" 우드가 몸부림치는 블러저를 다시 상자에 넣고 끈으로 안전하게 묶으며 숨을 헐떡였다. "블러저는 주위를 빠르게 날아다니면서 선수들을 빗자루에서 떨어뜨리려고 해. 그래서 팀마다 두 명의 몰이꾼이 있는 거야. 우리 팀 몰이꾼은 위즐리 쌍둥이야. 블러저한테서 우리 편을 지키고, 블러저를 상대편 쪽으로 쳐 내는 게 몰이꾼의 일이지. 그래서…… 다 이해한 거 맞지?"

"추격꾼 세 명은 쿼플을 가지고 득점을 시도한다. 파수꾼은 골대를 지킨다. 몰이꾼은 블러저를 자기 팀에서 멀리 쳐 낸다." 해리가 술술 이야기했다.

"아주 좋아." 우드가 말했다.

"어…… 블러저에 맞아서 죽은 사람도 있어?" 해리는 무심코 떠올린 질문처럼 들리기를 바라면서 물었다.

"호그와트에서는 한 번도 없었어. 턱이 부러진 적은 두어 번 있지만 그 이상의 일이 벌어진 적은 없지. 자, 팀의 마지막 선수는 수색꾼이야. 바로 너지. 그리고 너는 쿼플이나 블러저를 걱정할 필요가 없어."

"그 공에 맞아서 머리가 깨지는 일만 없다면."

"걱정 마. 블러저 같은 건 위즐리 쌍둥이한테 상대도 안 되니까. 걔들 자체가 인간 블러저 한 쌍이나 다름없거든."

우드가 나무 상자로 손을 뻗어 네 번째이자 마지막 공을 꺼냈다. 쿼플이나 블러저와 비교하면 턱없이 작은 그 공은 조금 큰 호두알만 했다. 밝은 황금색이었으며, 파닥거리는 작은 은색 날개가 달려 있었다.

"이게" 하고, 우드가 말했다. "골든 스니치야. 이 중에서 가장 중요한 공이지. 너무 빠르고 눈에 잘 보이지도 않아서 스니치를 잡는 건 아주 어려워. 이걸 잡는 게 수색꾼의 임무야. 추격꾼, 몰이꾼, 블러저, 쿼플 사이를 이리저리 누비고 다니면서 상대 팀 수색꾼보다 먼저 스니치를 잡아야 해. 왜냐하면 스니치를 먼저 잡은 팀이 추가로 150점을 얻고, 그래서 거의 항상 이기거든. 수색꾼들이 반칙을 엄청나게 당하는 이유가 그거지. 퀴디치 경기는 스니치를 잡아야만 끝나기 때문에 아주 오랫동안 이어질 수도 있어. 내가 알기로 최장 기록은 3개월인데, 선수들이 잠을 잘 수 있도록 계속해서 교체 선수를 투입해야 했대. 자, 이게 다야. ……질문 있니?"

해리는 고개를 저었다. 그는 자기가 뭘 해야 하는지 아주 잘 알았다. 그 임무를 제대로 해내느냐는 다른 문제였지만.

"아직 스니치를 갖고 연습하지는 않을 거야." 우드가 스니치를 조심스럽게 다시 상자에 넣으며 말했다. "너무 어두워서 잃어버릴 수도 있거든. 대신 이걸 가지고 한번 연습해 보자."

우드가 주머니에서 평범한 골프공이 여러 개 들어 있는 자루를 꺼냈다. 잠시 뒤, 우드와 해리는 하늘로 올라갔다. 우드는 있는 힘껏 온 방향으로 골프공을 던지며 해리에게 잡게 했다.

해리가 단 한 개의 공도 놓치지 않자 우드는 굉장히 기뻐했다. 30분 뒤에는 밤이 깊어져서 연습을 계속할 수가 없었다.

"올해 퀴디치 우승컵에는 우리 이름이 새겨질 거야." 성을 향해 터벅터벅 걸어가며 우드가 기분 좋게 말했다. "네가 찰리 위즐리보다 훌륭한 선수라는 게 밝혀져도 난 놀라지 않을 거야. 찰리는 용을 쫓아서 떠나지만 않았다면 잉글랜드 국가대표가 될 실력이었어."

온갖 숙제에 더해 1주일에 세 번 저녁마다 퀴디치 훈련까지 해야 하는 엄청나게 바쁜 일정 탓이겠지만, 해리는 호그와트에 온 지 벌써 두 달이 지났다는 사실을 도저히 믿을 수가 없었다. 호그와트가 프리빗가보다 더 집처럼 느껴졌다. 기초를 다 익히고 나니 수업도 점점 재미있어졌다.

핼러윈 아침 학생들은 복도에 은은하게 퍼지는 호박 굽는 구수한 냄새에 잠을 깼다. 그보다 좋았던 일은 일반 마법 수업 시간에 플리트윅 교수가 이제 학생들이 사물을 날릴 준비가 된 것 같다고 선언한 일이었다. 그가 네빌의 두꺼비를 공중에 띄워 교실을 붕붕 날아다니게 만드는 것을 본 이후로 아이들은 모두 해 보고 싶어서 안달 난 상태였다. 플리트윅 교수는 학생들을 둘씩 짝지어 연습하도록 했다. 해리의 상대는 셰이머스 피니건이었다(다행이었다. 네빌이 계속해서 해리와 눈을 마주치려 애쓰고 있었으니까). 반면 론은 헤르미온느 그레인저와 함께 연습을 하게 됐다. 그 때문에 더 화가 난 쪽이 론인지 헤르미온느인지는 알기 어려웠다. 해리의 빗자루가 도착한 날 이래로 헤르미온느는 해리와 론 누구와도 말을 하지 않았다.

　"자, 지금까지 연습해 온 손목의 섬세한 움직임을 잊지 말도록 해요!" 플리트윅 교수가 평소처럼 책 더미 위에 걸터앉아 높은 목소리로 말했다. "휙 휘두르고 탁 튕기는 겁니다. 기억하세요, 휙 하고 탁. 그리고 마법의 주문을 제대로 외우는 것도 아주 중요해요. '프'를 '스'로 발음했다가 버팔로 밑에 깔린 마법사 바루피오를 잊지 맙시다."

　굉장히 어려웠다. 해리와 셰이머스는 마법 지팡이를 휙 휘두르고 탁 튕겼지만, 하늘로 올라가야 할 깃털은 책상에 가만히 놓여 있기만 했다. 셰이머스가 조바심을 내며 깃털을 지팡이로 쿡 찔렀다가 불을 내는 바람에 해리는 재빨리 모자를 벗어서 불을 꺼야 했다.

옆자리에 있던 론에게도 그다지 운이 따르지 않았다.

"윙가르디움 레비오사!" 론이 긴 팔을 풍차처럼 휘두르며 소리쳤다.

"주문이 틀렸잖아." 헤르미온느가 쏘아붙이는 소리가 들렸다. "윙-가르-디움 레비-오-사야. '가르'를 제대로, 길게 발음해야지."

"그렇게 잘났으면 네가 해 보지 그러냐." 론이 으르렁거렸다.

헤르미온느가 소매를 걷어 올리고 마법 지팡이를 탁 튕기며 말했다. "윙가르디움 레비오사!"

깃털이 책상에서 날아오르더니 머리 위 1미터 넘는 곳을 떠다녔다.

"와, 잘했어요!" 플리트윅 교수가 손뼉을 치면서 환호했다. "다들 여기 좀 봐요. 그레인저 양이 해냈군요!"

수업이 끝날 때쯤 론은 기분이 상당히 안 좋은 상태였다.

"걔를 참아 주는 사람이 한 명도 없는 게 당연해." 아이들로 붐비는 복도에서 길을 뚫고 나아가며 론이 해리에게 말했다. "걘 진짜 악몽 그 자체야."

아이들이 빠르게 옆을 지나갈 때 누군가가 해리를 툭 쳤다. 헤르미온느였다. 해리는 그녀의 얼굴을 힐끗 봤다가 그애가 울고 있는 것을 보고 깜짝 놀랐다.

"네 말을 들었나 봐."

"그래서?" 론은 그렇게 말했지만 조금 불편한 표정이었다. "친구가 한 명도 없다는 것쯤은 쟤도 당연히 알 거 아냐."

헤르미온느는 다음 수업에도 나타나지 않았고 오후 내내 보이지 않았다. 핼러윈 연회에 참석하려고 대연회장으로 내려가던 해리와 론은 파르바티 파틸이 친구 라벤더에게 하는 말을 우연히 들었다. 헤르미온느가 여학생 화장실에서 울고 있으며 혼자 있고 싶어 한다는 것이었다. 론은 이 얘기를 듣자 더더욱 불편해했지만, 잠시 후 두 사람은 핼러윈 장식이 되어 있는 대연회장에 들어서면서 헤르미온느에 관한 생각을 싹 잊고 말았다.

살아 있는 박쥐 천 마리가 벽과 천장에서 퍼드덕거렸고, 한쪽에서는 또 다른 박쥐 천 마리가 낮게 드리운 먹구름 속에서 식탁으로 날아 내려오며 호박 안에 켜진 촛불을 흔들어 놓았다. 개강 연회 때처럼 황금 접시에 잔치 음식이 갑자기 나타났다.

퀴럴 교수가 대연회장 안으로 전속력으로 달려 들어왔을

때 해리는 막 껍질째 삶은 감자를 먹고 있었다. 퀴럴의 터번은 비뚤어져 있었고 얼굴은 공포에 질려 있었다. 모두가 쳐다보는 가운데 퀴럴은 덤블도어 교수의 자리로 가더니 고꾸라질 것처럼 식탁을 짚고 숨을 헐떡였다. "트롤이…… 지하 감옥에……. 교수님이 아셔야 할 것 같아서요."

그런 다음 퀴럴은 정신을 잃고 바닥에 쓰러졌다.

엄청난 소동이 일었다. 덤블도어 교수가 마법 지팡이 끝에서 보라색 폭죽을 몇 차례 쏘자 모두가 조용해졌다.

"반장들." 덤블도어가 우렁차게 말했다. "학생들을 데리고 즉시 기숙사로 돌아가세요!"

퍼시는 물 만난 물고기 같았다.

"따라와! 1학년들은 서로 가까이 붙어 서! 내 말만 잘 들으면 트롤 따위에 겁먹을 이유가 없어! 자, 이제 내 뒤에 바짝 붙어. 비켜 주세요, 1학년들입니다! 지나갈게요, 반장이에요!"

"트롤이 어떻게 들어왔지?" 해리가 계단을 오르며 물었다.

"나야 모르지. 트롤들은 엄청 멍청하다던데." 론이 말했다. "핼러윈에 장난 한번 쳐 보겠다고 피브스가 들여보냈을지도 몰라."

해리와 론은 이곳저곳으로 다급히 걸어가는 사람들의 무

리를 여럿 지나쳤다. 우왕좌왕하는 후플푸프 학생들을 밀치며 지나가던 중 해리가 갑자기 론의 팔을 잡았다.

"방금 생각났는데, 헤르미온느 말이야."

"걔가 왜?"

"걔는 트롤이 들어온 걸 모르잖아."

론이 입술을 깨물었다.

"에휴, 알았어." 론이 화난 목소리로 말했다. "그래도 퍼시한테는 들키지 않는 게 좋을 거야."

두 사람은 몸을 수그리고 후플푸프 학생들 사이에 끼어다른 길로 가다가 인적 없는 복도로 슬쩍 빠져나와 재빨리여학생 화장실 쪽으로 향했다. 두 사람이 막 모퉁이를 돌았을 때 뒤에서 빠른 발소리가 들려왔다.

"퍼시다!" 론이 쉿 하며 해리를 커다란 그리핀 석상 뒤로끌어당겼다.

자세히 보니 퍼시가 아니라 스네이프였다. 스네이프는복도를 가로질러 가더니 보이지 않는 곳으로 사라졌다.

"저 사람 뭐 하는 거야?" 해리가 속삭였다. "왜 다른 교수님들이랑 지하 감옥에 가지 않는 거지?"

"난들 아나."

가능한 한 조용하게, 두 사람은 점점 멀어져 가는 스네이프의 발소리를 따라 옆 복도를 살금살금 나아갔다.

"4층 쪽으로 가는데." 해리가 말했다. 론이 손을 들어 올렸다.

"무슨 냄새 안 나?"

해리가 코를 킁킁거렸다. 오래된 양말 냄새와 아무도 청소하지 않는 듯한 공중화장실 냄새가 뒤섞인 고약한 악취가 콧구멍으로 흘러 들어왔다.

그때 그 소리가 들렸다. 낮게 꾸르륵거리는 소리와 커다란 두 발을 질질 끄는 소리. 론이 통로 왼쪽 끝을 가리켰다. 뭔가 거대한 것이 이쪽을 향하고 있었다. 두 사람은 몸을 움츠리고 어둠 속에 숨어서, 그 형체가 한 조각 달빛을 받아 모습을 드러내는 것을 지켜보았다.

오금이 저리는 광경이었다. 3미터가 넘는 키에 화강암 같은 칙칙한 회색 피부, 바위처럼 거대한 혹투성이 몸과 그 꼭대기에 코코넛처럼 얹힌 작은 대머리. 짧은 다리는 나무 몸통처럼 굵었으며 납작한 두 발은 단단하고 거칠었다. 놈에게서 나는 냄새는 믿을 수 없을 정도였다. 놈은 엄청나게 큰 나무 몽둥이를 들고 있었는데, 팔이 너무 길어서 몽둥이가 바닥에 질질 끌렸다.

트롤은 어느 문 앞에 멈춰 서서 안을 들여다보았다. 그리고 기다란 귀를 쫑긋거리더니, 없다시피 한 지능을 발휘해 구부정한 자세로 천천히 안으로 들어갔다.

"자물쇠에 열쇠가 꽂혀 있어." 해리가 중얼거렸다. "안에 가두고 문을 잠그면 되겠는데."

"좋은 생각이야." 론이 초조해하며 말했다.

두 사람은 열려 있는 문 쪽으로 조금씩 움직였다. 입이 바싹 말랐다. 트롤이 그곳에서 막 나오려는 게 아니길 간절히 바랐다. 해리는 한 차례 훌쩍 뛰어서 간신히 열쇠를 잡아챈 다음 문을 쾅 닫고 잠갔다.

"됐어!"

둘은 승리감에 흠뻑 젖어서 통로를 되짚어 달리기 시작했다. 하지만 모퉁이에 다다랐을 때 그들의 심장을 멎게 하는 어떤 소리가 들려왔다. 극도로 겁에 질린 높은 비명 소리. 그 소리는 방금 두 사람이 문을 잠근 그 방에서 들려오고 있었다.

"이런, 안 돼." 론이 피투성이 남작만큼이나 창백해진 얼굴로 말했다.

"거기가 여학생 화장실이었어!" 해리가 숨을 헉 들이켰다.

"헤르미온느!" 둘이 동시에 외쳤다.

정말 하기 싫은 일이었지만 선택의 여지가 없지 않은가? 황급히 몸을 돌린 그들은 그 문을 향해 전력 질주해서는 어찌할 바를 모르고 더듬거리며 열쇠를 돌렸다. 해리가 문을 열자마자 둘은 안으로 달려 들어갔다.

헤르미온느 그레인저가 금방이라도 기절할 것 같은 얼굴로 맞은편 벽에 바짝 움츠리고 있었다. 트롤은 걸음을 옮길 때마다 벽에 붙은 세면대를 쳐서 떨어뜨리며 헤르미온느에게 다가갔다.

"주의를 끌어 봐!" 해리가 절박한 목소리로 론에게 말하면서 수도꼭지 하나를 주워 들고 있는 힘껏 벽에다 던졌다.

트롤은 헤르미온느와 조금 떨어진 곳에서 멈춰 섰다. 놈은 느릿느릿 돌아서더니 무슨 소리가 났는지 보려고 멍청하게 눈을 깜빡였다. 사악한 작은 두 눈이 해리를 발견했다. 놈은 잠깐 망설이더니 이번에는 해리에게 다가가며 몽둥이를 들어 올렸다.

"어이, 새대가리!" 론이 반대편에서 소리치며 금속 파이프를 던졌다. 트롤은 파이프가 어깨에 날아와 부딪친 것을 알아차리지도 못한 듯했으나 외침을 듣고 다시 멈춰 서서 이번에는 론에게 그 흉측한 주둥이를 돌렸다. 덕분에 해리는 놈의 주위를 빙 둘러 갈 수 있었다.

"어서 뛰어, *도망가라고!*" 해리가 헤르미온느를 문 쪽으로 잡아당기려고 애쓰며 소리쳤지만 헤르미온느는 꼼짝도 할 수 없는 상태였다. 여전히 벽에 딱 달라붙은 채 겁에 질려서 입만 벌리고 있었다.

그 고함 소리가 메아리쳐서 트롤을 광포하게 만드는 것 같았다. 놈이 또 한 차례 포효하더니, 가장 가까이 있던 론에게 다가가기 시작했다. 론은 도망갈 데가 없었다.

그때 해리는 매우 용감하기도 하고 매우 멍청하기도 한 행동을 했다. 그는 힘껏 도움닫기 한 끝에 간신히 트롤의 목을 뒤에서 꽉 끌어안았다. 트롤은 해리가 매달려 있는 것도 느끼지 못했지만, 긴 나무 막대기를 코에 쑤셔 넣는다면 아무리 트롤이라도 알아차릴 수밖에 없었다. 해리는 뛰어오르면서도 여전히 손에 마법 지팡이를 쥐고 있었는데, 바로 그 지팡이가 트롤의 한쪽 콧구멍으로 쑥 들어갔다.

트롤이 고통으로 울부짖으며 몸을 비틀고 몽둥이를 휘둘렀다. 해리는 죽기 살기로 놈에게 매달렸다. 트롤은 당장에라도 해리를 패대기치거나 무시무시한 기세로 몽둥이를 휘둘러 해리를 맞힐 것 같았다.

헤르미온느는 겁에 질린 채 바닥에 주저앉아 있었다. 론이 마법 지팡이를 꺼내 들었다. 뭘 해야 할지도 알지 못한 채, 론은 머릿속에 처음 떠오른 주문을 외치는 그 자신의 목소리를 들었다. "윙가르디움 레비오사!"

갑자기 트롤의 손에서 몽둥이가 공중으로 높이높이 떠오르더니 천천히 뒤집어졌다. 그런 다음 와지끈하는 섬뜩한 소리를 내며 트롤의 머리 위로 떨어졌다. 트롤은 그 자리에서 비틀거리다가 화장실 전체가 진동하는 쿵 소리와 함께 바닥에 얼굴을 처박고 쓰러졌다.

해리는 자리에서 일어났다. 몸이 떨렸고 숨도 찼다. 론은 그때까지도 지팡이를 쳐든 채 가만히 서서, 자기가 해낸 일을 뚫어지게 바라보고 있었다.

처음으로 입을 연 사람은 헤르미온느였다.

"저거…… 죽은 거야?"

"그건 아닌 것 같아." 해리가 말했다. "그냥 기절했나 봐."

해리가 허리를 구부려 트롤의 코에서 마법 지팡이를 빼냈다. 지팡이는 넝어리신 회색 풀 같은 것으로 산뜩 뒤덮여 있었다.

"우웩…… 트롤 코딱지야."

해리는 트롤의 바지에 지팡이를 닦았다.

갑자기 쾅 하는 소리와 함께 시끄러운 발소리가 들려서

세 사람은 고개를 들었다. 그들은 자신들이 얼마나 시끄러운 소리를 냈는지 깨닫지 못했지만, 당연히 아래층에 있는 누군가는 뭔가 부서지는 소리와 트롤의 포효를 들었을 것이다. 잠시 후 맥고나걸 교수가 화장실 안으로 들이닥쳤고, 스네이프가 그 뒤를 바짝 따랐으며, 마지막으로 퀴럴이 들어왔다. 퀴럴은 트롤을 한번 보고 희미하게 훌쩍이는 소리를 내더니 가슴을 부여잡으며 얼른 변기 위에 주저앉았다.

스네이프가 트롤 위로 몸을 구부렸다. 맥고나걸 교수는 론과 해리를 바라보고 있었다. 맥고나걸 교수가 그렇게 화난 모습은 한 번도 본 적이 없었다. 입술이 아예 하얗게 질려 있었다. 트롤을 잡았으니 그리핀도르가 50점을 딸지도 모른다는 희망이 해리의 머릿속에서 빠르게 사라져 갔다.

"도대체 무슨 생각을 한 거냐?" 맥고나걸 교수가 말했다. 그녀의 목소리에는 서릿발 같은 분노가 어려 있었다. 해리는 여전히 공중에 지팡이를 쳐들고 있는 론을 바라보았다. "죽지 않은 게 다행이다. 어째서 기숙사에 있지 않은 거지?"

스네이프가 꿰뚫어 보는 듯한 눈으로 해리를 흘끗 보았다. 해리는 바닥을 내려다보았다. 론이 지팡이를 좀 내렸으면 싶었다.

그때 어둠 속에서 작은 목소리가 들려왔다.

"죄송합니다, 맥고나걸 교수님……. 저 애들은 절 찾으러 온 거예요."

"그레인저 양!"

헤르미온느가 간신히 자리에서 일어났다.

"제가 트롤을 찾으러 나왔어요. 왜냐하면 저는…… 저는…… 혼자서 트롤을 해치울 수 있을 거라고 생각했거든 요. ……책에서 다 읽었으니까요."

론이 지팡이를 떨어뜨렸다. 그 헤르미온느 그레인저가 교수님한테 새빨간 거짓말을 하고 있다니?

"쟤들이 찾아내지 못했다면 저는 지금쯤 죽었을 거예요. 해리는 트롤 코에 지팡이를 쑤셔 넣었고, 론은 트롤의 몽둥 이로 놈을 기절시켰어요. 다른 사람을 데려올 시간이 없었 거든요. 쟤들이 도착했을 땐 트롤이 저를 끝장내기 직전이 었어요."

해리와 론은 그 얘기를 처음 듣는 것처럼 보이지 않으려 고 애썼다.

"그래…… 그랬다면……." 맥고나걸 교수가 셋 모두를 뚫어지게 바라보며 말했다. "그레인저 양, 이렇게 바보 같 은 짓을 하다니. 어떻게 혼자서 산트롤을 처치할 마음을 먹을 수 있지?"

헤르미온느가 고개를 푹 숙였다. 해리는 아무 말도 할 수 없었다. 세상 모든 사람이 규칙을 어긴다 해도 헤르미온느는 끝까지 규칙을 지킬 사람이었다. 그런데 지금 그 헤르미온느가 해리와 론이 벌을 받지 않게 하려고 규칙을 어긴 척하고 있었다. 이는 스네이프가 사탕을 나눠 주기 시작한 것이나 마찬가지의 일이었다.

"그레인저 양, 이번 일로 그리핀도르에 5점 감점하도록 하겠다." 맥고나걸 교수가 말했다. "정말 실망했다. 다친 데가 없다면 그만 그리핀도르 탑으로 가는 게 좋겠구나. 학생들은 각자 기숙사에서 연회를 마저 끝내고 있으니까."

헤르미온느가 자리를 떠났다.

맥고나걸 교수가 해리와 론에게로 돌아섰다.

"글쎄, 너희 둘 다 운이 좋았다는 생각에는 아직도 변함이 없다만 1학년 중에 성체가 된 산트롤을 처리할 수 있는 사람은 별로 없지. 그리핀도르에 너희 두 사람 각각 5점씩 주마. 덤블도어 교수님도 이 일을 알게 되실 거다. 이제 가도 좋아."

해리와 론은 허둥지둥 여학생 화장실을 나가 두 층을 올라갈 때까지 한 마디도 하지 않았다. 무엇보다 냄새 나는 트롤에게서 멀리 떨어지게 되어 안심이 되었다.

"겨우 10점이라니." 론이 투덜거렸다.

"겨우 5점이겠지. 헤르미온느한테서 5점 감점했잖아."

"우리가 벌받을까 봐 그렇게까지 하다니, 착하네." 론이 인정했다. "그렇지만 우리가 걔를 구해 줬잖아."

"우리가 그 괴물을 헤르미온느가 있는 곳에 가두지 않았다면 애초에 구해 줄 필요도 없었겠지." 해리가 상기시켜 주었다.

둘은 뚱뚱한 귀부인 초상화에 다다랐다.

"돼지 코." 해리와 론은 암호를 말하고 안으로 들어갔다.

휴게실은 사람들로 가득 차 있었고 시끄러웠다. 모두가 아래층에서 올라온 음식을 먹고 있었다. 그러나 헤르미온 느만은 문 옆에 홀로 서서 두 사람을 기다리고 있었다. 꽤 어색한 순간이 지나갔다. 잠시 후, 아무도 서로를 바라보지 않은 채 그들 모두 "고마워"라고 말했다. 그러고는 셋 다 서둘러 접시를 집으러 갔다.

그 순간부터 헤르미온느 그레인저는 그들의 친구가 되었다. 세상에는 함께 겪고 나면 서로를 좋아하게 될 수밖에 없는 일이 몇 있는데, 3미터 넘는 산트롤을 쓰러뜨리는 것도 그런 일 가운데 하나다.

11장
퀴디치

11월에 접어들자 날이 매우 추워졌다. 학교 주변의 산은 잿빛으로 얼어붙었고 호수는 차갑게 식은 강철 같았다. 매일 아침 교정은 서리로 뒤덮였다. 위층 창문에서 내다보면 해그리드가 긴 두더지 가죽 코트와 토끼털 장갑, 커다란 비버 가죽 부츠로 몸을 따뜻하게 하고 퀴디치 경기장에서 빗자루에 낀 서리를 제거하는 모습이 보였다.

퀴디치 시즌이 시작됐다. 토요일이면 해리는 몇 주간의 훈련 끝에 마침내 첫 시합을 치를 것이다. 그리핀도르 대 슬리데린. 이번 시합에서 이기면 그리핀도르는 기숙사 챔피언십에서 2위로 올라서게 된다.

우드가 비밀 병기 해리의 존재를 말 그대로 비밀로 해야 한다고 결정했기 때문에 그가 경기하는 모습을 본 사람은 거의 없었다. 하지만 어떻게 된 일인지 해리가 수색꾼으로 출전할 거라는 소식이 새어 나갔고, 해리는 그가 뛰어난 선수일 거라는 말과, 그가 떨어질 것에 대비해 매트리스를 들고 경기장을 뛰어다녀야겠다는 말 중 어느 쪽이 더 싫은지 알 수 없었다.

헤르미온느와 친구가 되어서 정말 다행이었다. 그녀가 없었다면 우드가 시키는 막바지 퀴디치 훈련과 그 모든 숙제를 어떻게 병행했을지 몰랐다. 헤르미온느는 해리에게 《퀴디치의 역사》를 빌려주기도 했는데, 읽어 보니 꽤 재미있는 책이었다.

해리는 퀴디치에서 반칙을 범하는 방법이 700가지나 있는데 1473년 월드컵에서 단 한 번의 시합 중에 그 모든 반칙이 일어난 적이 있다는 것과, 보통 가장 체구가 작고 빠른 선수가 수색꾼을 맡는다는 것, 퀴디치 경기 중 가장 심각한 부상은 수색꾼들이 당하는 듯하다는 것, 퀴디치를 하다가 사람이 죽는 일은 드물지만 심판들이 갑자기 사라졌다가 몇 달 뒤 사하라 사막에서 나타난 적은 있다는 사실을 알게 되었다.

헤르미온느는 해리와 론이 산트롤에게서 구해 준 이래로

규칙 위반에도 한결 관대해졌고 태도도 훨씬 친절해졌다. 해리의 첫 번째 퀴디치 시합 전날 셋은 쉬는 시간에 얼어붙을 듯 추운 교정으로 나갔다. 헤르미온느는 마법으로 잼 병에 넣어 가지고 다닐 수 있는 밝은 파란색 불을 만들었다. 스네이프가 마당을 가로질러 갔을 때 세 사람은 그 불을 뒤로하고 서서 온기를 쬐고 있었다. 해리는 스네이프가 다리를 절고 있다는 사실을 단번에 알아차렸다. 해리, 론, 헤르미온느는 불이 보이지 않도록 더 가까이 붙어 섰다. 이런 일은 금지됐을 게 뻔했으므로. 유감스럽게도 그들의 뭔가 죄책감 어린 표정이 스네이프의 눈길을 끈 모양이었다. 그가 다리를 절며 다가왔다. 불을 보지는 못했지만, 어찌 되었든 뭔가 야단칠 구실을 찾는 듯 보였다.

"그게 뭐지, 포터?"

그것은 《퀴디치의 역사》였다. 해리는 스네이프에게 책을 보여 주었다.

"도서관 책을 학교 건물 밖으로 가지고 나와선 안 된다." 스네이프가 말했다. "이리 내놔. 그리핀도르는 5점 감점이다."

"방금 만들어 낸 규칙일 거야." 스네이프가 다리를 절면서 멀어져 가자 해리가 화난 목소리로 중얼거렸다. "다리는 왜 저래?"

"모르지. 어쨌든 엄청 아팠으면 좋겠다." 론이 분한 듯 말했다.

그날 저녁 그리핀도르 휴게실은 매우 소란스러웠다. 해리, 론, 헤르미온느는 창가에 함께 자리를 잡았다. 헤르미온느가 해리와 론의 일반 마법 숙제를 봐 주고 있었다. 그녀는 결코 자기 숙제를 베끼게 해 주는 법이 없었지만("베끼면 대체 어떻게 배우겠다는 거야?") 그녀에게 숙제를 건네주고 한번 읽어 달라고 하면 어쨌든 정답을 알 수 있었다.

해리는 초조했다. 내일 경기를 앞두고 긴장된 마음에서 신경을 돌리기 위해 《퀴디치의 역사》를 돌려받고 싶었다. 왜 스네이프를 두려워해야 하지? 해리는 자리에서 일어나며 론과 헤르미온느에게 스네이프한테 가서 책을 돌려받을 수 있는지 물어보겠다고 말했다.

"나라면 안 그럴 거야." 론과 헤르미온느가 동시에 말했다. 하지만 해리는 다른 교수들이 듣고 있다면 아무리 스네이프라도 거절할 수 없을 거라고 생각했다.

해리는 교무실로 내려가 문을 두드렸다. 아무 대답이 없었다. 다시 두드렸다. 이번에도 아무런 응답이 없었다.

혹시 스네이프가 책을 저 안에 놔두지 않았을까? 한번 살펴볼 가치는 있었다. 해리는 문을 살짝 열고 안을 들여다보았다. 그러자 끔찍한 광경이 눈에 들어왔다.

안에는 스네이프와 필치 둘뿐이었다. 스네이프는 로브를 무릎 위로 들어 올린 채였다. 한쪽 다리가 피투성이에 엉망진창이었다. 필치가 스네이프에게 붕대를 건네고 있었다.

"빌어먹을." 스네이프가 말했다. "어떻게 머리 세 개에서 동시에 눈을 떼지 말라는 거지?"

해리는 조용히 문을 닫으려 했지만……

"포터!"

황급히 로브 자락을 내려 다리를 가리는 스네이프의 얼굴이 분노로 잔뜩 뒤틀렸다. 해리는 침을 꿀꺽 삼켰다.

"그냥, 책을 돌려받을 수 있는지 궁금해서요."

"나가! *나가!*"

스네이프가 그리핀도르의 점수를 조금이라도 더 깎기 전에 해리는 얼른 그곳을 빠져나왔다. 그는 전속력으로 달려 위층으로 올라갔다.

"책 받았어?" 해리가 창가 자리로 돌아오자 론이 물었다. "왜 그래?"

해리는 목소리를 낮추고 자기가 본 광경을 이야기해 주

었다.

"이게 무슨 뜻인지 알겠어?" 해리가 가쁜 숨을 내쉬며 말을 마쳤다. "핼러윈 날 스네이프는 그 머리 세 개 달린 개를 지나가려고 했어! 우리가 스네이프를 봤을 때 바로 거기로 가고 있었던 거야. 뭔지는 몰라도 그 개가 지키고 있는 걸 노리고! 내 빗자루를 걸고 말하는데 트롤을 들여보낸 것도 스네이프일 거야. 사람들 시선을 돌리려 한 거라고!"

헤르미온느가 눈을 크게 떴다.

"아냐…… 그럴 리가 없어." 헤르미온느가 말했다. "스네이프 교수님이 그렇게 친절한 사람이 아니라는 건 나도 알지만, 덤블도어 교수님이 안전하게 보관하고 있는 물건을 훔치려 들지는 않을 거야."

"나 참, 헤르미온느, 네가 보기에는 교수들이 전부 성자나 뭐 그런 거라도 되는 것 같냐?" 론이 쏘아붙였다. "해리 말이 맞아. 스네이프라면 충분히 그럴 수 있다고. 근데 뭘 노리는 걸까? 그 개가 지키고 있는 게 뭐지?"

잠자리에 들어서도 해리의 머릿속에서는 같은 질문이 윙윙 맴돌고 있었다. 네빌은 큰 소리로 코를 골았지만 해리는 잠이 오지 않았다. 머리를 비워 보려고 애썼다. 자야 했다. 자야만 한다. 몇 시간 뒤에는 생애 첫 퀴디치 시합에 나가야 한다. 하지만 해리는 자신이 스네이프의 다리를 봤을 때 그가 지었던 표정을 좀처럼 잊을 수 없었다.

꽤 청명하고 추운 아침이 밝았다. 대연회장은 튀긴 소시지의 구수한 냄새며, 멋진 퀴디치 시합을 기대하는 사람들의 활기찬 재잘거림으로 가득했다.

"조금이라도 먹어야지."

"아무것도 먹고 싶지 않아."

"토스트라도 조금 먹어." 헤르미온느가 달래듯 말했다.

"배 안 고프다니까."

끔찍한 기분이었다. 한 시간쯤 뒤엔 경기장으로 나가고 있을 것이다.

"해리, 너 힘 없으면 안 된다." 셰이머스 피니건이 말했다. "상대 팀한테 가장 많이 견제당하는 건 언제나 수색꾼이거든."

"고마워, 셰이머스." 셰이머스가 소시지 위에 케첩을 잔뜩 뿌리는 걸 바라보며 해리가 말했다.

11시 즈음에는 학교 전체가 퀴디치 경기장 관중석에 나가 있는 것 같았다. 수많은 학생이 쌍안경을 들고 있었다. 좌석이 공중 높은 곳에 설치되어 있기는 했지만 그곳에서도 때로는 무슨 일이 벌어지고 있는지 보기 어려웠던 것이다.

론과 헤르미온느는 네빌과 셰이머스, 그리고 축구팀 웨스트햄의 광팬인 딘과 함께 맨 윗줄에 앉았다. 그들은 해리를 놀래 주려고 스캐버스가 망쳐 놓은 이불 하나로 커다란 현수막을 만들었다. 현수막에는 '포터가 최고야'라는 글자가 적혀 있었고, 그림을 잘 그리는 딘이 그 밑에 커다란 그리핀도르 사자를 그려 놓았다. 거기에 헤르미온느가 까다롭지만 귀여운 마법을 걸어 글자와 그림이 서로 다른 색깔로 번쩍이게 만들었다.

한편 해리와 다른 선수들은 탈의실에서 진홍색 퀴디치 로브로 갈아입고 있었다(슬리데린은 초록색 로브를 입고 경기를 할 예정이었다).

우드가 헛기침을 하며 선수들을 조용히 시켰다.

"좋아, 진짜 사나이들." 우드가 말했다.

"어자들도 있는데." 추격꾼인 앤젤리나 존슨이 밀했다.

"여성 여러분도." 우드가 동의했다. "드디어 때가 왔다."

"엄청난 기회야." 프레드 위즐리가 말했다.

"우리 모두가 기다리던 바로 그 순간이라고." 조지가 말했다.

"우리는 올리버가 하려는 말을 다 외우고 있어." 프레드가 해리에게 말했다. "작년에도 이 팀에 있었으니까."

"닥쳐, 둘 다." 우드가 말했다. "이번 팀은 최근 몇 년간 그리핀도르 대표팀 중 최강이야. 우리가 이길 거다. 난 알아."

우드는 '못 이기면 두고 보자'는 표정으로 모두에게 눈을 부라렸다.

"좋아. 이제 나갈 시간이야. 다들 행운을 빈다."

해리는 프레드와 조지를 따라 탈의실을 나섰다. 무릎이 푹 꺾이는 일만 없기를 바라며, 그는 커다란 함성이 들려오는 경기장으로 나갔다.

후치 선생이 심판이었다. 그녀는 경기장 한가운데에 서서 빗자루를 들고 양 팀 선수들을 기다리고 있었다.

"자 선수들, 모두 멋진 페어플레이 보여 주기 바란다." 선수들이 주위에 모여서자 후치 선생이 말했다. 그녀가 슬리데린 주장인 5학년생 마커스 플린트에게 특별히 주의를 주는 듯한 모습이 해리의 눈에 띄었다. 플린트는 꼭 트롤 혈통 같았다. 해리는 '포터가 최고야'를 번쩍거리며 관중의 머리 위에서 펄럭이는 현수막을 흘끗 보았다. 심장이 두근거렸다. 조금 더 용기가 솟는 것 같았다.

"전원, 빗자루에 오른다."

해리는 님부스 2000에 올랐다.

후치 선생이 은색 호루라기를 힘차게 불었다.

열다섯 자루의 빗자루가 하늘로 높이높이 날아올랐다. 경기가 시작됐다.

"그리핀도르의 앤젤리나 존슨 선수, 곧바로 쿼플을 차지합니다. 굉장한 추격꾼이죠, 존슨 선수. 그리고 꽤 매력적이기도 합⋯⋯."

"조던!"

"죄송합니다, 교수님."

위즐리 쌍둥이의 친구인 리 조던이 맥고나걸 교수의 삼엄한 감시 아래 경기 중계를 하고 있었다.

"존슨 선수, 말 그대로 하늘을 질주하고 있습니다. 얼리샤 스피넷에게 깔끔한 패스. 스피넷은 올리버 우드가 발굴한 좋은 선수입니다. 작년에는 후보였습니다만⋯⋯ 다시 존슨이 받습니다⋯⋯. 안 돼, 슬리데린이 쿼플을 가져갔어요. 슬리데린 주장 마커스 플린트가 쿼플을 갖고 날아갑니다. 꼭 독수리처럼 날아다니는데요. 득점⋯⋯으로 연결되진 않습니다. 그리핀도르의 파수꾼, 우드가 훌륭한 움직임으로 막아 내 그리핀도르가 쿼플을 차지합니다. 그리핀도르의 추격꾼 케이티 벨이 쿼플을 갖고 플린트를 우회해 멋

지게 급강하, 경기장 위를 날아가…… **아이고!** 저거 아프
겠는데요. 뒤통수에 블러저를 맞았습니다. 쿼플은 다시 슬
리데린이 가져갑니다. 에이드리언 퓨시가 골대 쪽으로 빠
르게 나아가다가 또다시 블러저에 가로막히고 맙니다. 프
레드인지 조지인지, 아무튼 위즐리 쌍둥이 중 하나가 쳐 낸
거로군요. 그리핀도르 몰이꾼의 멋진 플레이가 나왔습니
다. 존슨이 다시 쿼플을 차지합니다. 앞이 텅 비었네요, 그
대로 갑니다…… 엄청난 비행 실력…… 빠르게 날아오는
블러저를 피해 냅니다. 바로 앞에 골대가…… 어서, 지금이
야, 앤젤리나…… 슬리데린의 파수꾼 블레츨리가 몸을 날
려 보지만…… 놓칩니다! **그리핀도르 골!**"

그리핀도르 학생들의 환호성이 추운 경기장을 가득 채웠
다. 슬리데린 쪽에서는 야유와 신음이 터져 나왔다.

"옆으로 좀만 비켜 봐라."

"해그리드!"

론과 헤르미온느는 해그리드가 함께 앉을 수 있도록 바
짝 붙어 앉았다.

"오두막에서 보고 있었지." 해그리드가 목에 걸고 있는
커다란 쌍안경을 툭툭 치며 말했다. "그래도 관중석에서 보
는 거랑은 다르니까. 스니치는 아직 안 보이는 모양이지?"

"네." 론이 말했다. "아직 해리가 할 일은 별로 없어요."

"그래도 무슨 말썽에 휘말리지는 않았잖아. 그게 중요하지." 해그리드가 쌍안경을 하늘로 들어 올려 작은 점으로 보이는 해리를 바라보며 말했다.

그들로부터 한참 올라간 곳에서, 해리는 경기가 벌어지는 현장 위를 미끄러지듯 날아다니며 혹 스니치가 나타날까 눈을 가늘게 뜨고 있었다. 해리와 우드가 미리 세워 놓은 작전의 일환이었다.

"스니치를 발견할 때까지는 멀리 떨어져 있어." 우드는 그렇게 말했다. "네가 활약하기도 전에 공격당하는 일은 없어야 하니까."

앤젤리나가 득점했을 때 해리는 기쁜 마음을 주체할 수 없어 두어 차례 공중제비를 돌았다. 그리고 지금은 다시 스니치를 찾아 주위를 뚫어지게 살피고 있었다. 금빛이 번뜩이는 것을 보기도 했지만, 위즐리 쌍둥이 중 하나가 차고 있던 손목시계에서 반사된 빛이었다. 블러저가 작심한 듯 해리 쪽으로 맹렬히 날아왔다. 꼭 대포알 같았지만 해리는 블러저를 피했고 프레드 위즐리가 와서 그 블러저를 뒤쫓았다.

"괜찮냐, 해리?" 프레드는 블러저를 마커스 플린트 쪽으로 강하게 날려 보내면서도 소리칠 여유가 있었다.

"슬리데린이 퀘플을 잡았습니다." 리 조던이 중계를 이었다. "슬리데린의 추격꾼 퓨시가 두 개의 블러저와 위즐리 형제, 추격꾼 벨을 피해 속도를 냅…… 잠깐, 그거 스니치였나요?"

에이드리언 퓨시가 어깨 너머를 돌아보고 그의 왼쪽 귀를 스쳐 간 금빛 섬광을 찾는 데 정신이 팔려 퀘플을 떨어뜨리자 관중 사이에 웅성거림이 퍼져 나갔다.

해리는 보았다. 엄청나게 밀려오는 흥분 속에서 그는 황금색 빛줄기를 쫓아 급강하했다. 슬리데린의 수색꾼 테런스 힉스도 스니치를 보았다. 그들은 앞서거니 뒤서거니 하며 스니치를 향해 돌진했다. 추격꾼 모두가 자기 역할을 잊어버린 듯 공중에 가만히 떠서 그 모습을 지켜보았다.

해리가 힉스보다 빨랐다. 조그마한 둥근 공이 날개를 퍼덕이며 쏜살같이 날아가는 모습이 보였다. 해리는 속도를 더욱 끌어 올렸고……

쾅! 아래에서 그리핀도르 학생들의 분노 섞인 함성이 메아리쳤다. 마커스 플린트가 의도적으로 해리를 막아선 바람에 해리의 빗자루가 진로를 벗어난 것이다. 해리는 필사적으로 빗자루를 붙들었다.

"반칙!" 그리핀도르 학생들이 소리쳤다.

후치 선생이 화난 목소리로 플린트에게 주의를 주고, 그리핀도르에 골대 앞 페널티 슛을 지시했다. 하지만 그 모든 혼란 속에서 골든 스니치는 당연히 다시 자취를 감추고 말았다.

아래 관중석에서는 딘 토머스가 소리를 지르고 있었다. "심판, 퇴장시켜요! 레드카드!"

"이건 축구가 아니라니까, 딘." 론이 일깨워 주었다. "퀴디치에서는 선수를 퇴장시킬 수 없어. 레드카드는 또 뭐야?"

하지만 해그리드는 딘의 편이었다.

"규칙을 바꾸든지 해야지. 플린트 저 녀석, 해리를 공중으로 날려 버릴 뻔했잖아."

리 조던은 한쪽 편을 들지 않기가 점점 어려워지는 모양이었다.

"그래서, 이렇게 명백하고도 역겨운 반칙이 벌어진 가운데……."

"조던!" 맥고나걸 교수가 버럭 소리쳤다.

"그러니까, 뻔뻔스럽고 혐오스러운 반칙……."

"조던, 경고하는데……."

"알겠어요, 알겠습니다. 플린트가 그리핀도르 수색꾼을

죽일 뻔했습니다만 누구한테나 일어날 수 있는 일이죠. 암요. 그래서 그리핀도르가 페널티 숫 기회를 얻었고요. 스피넛이 나서서 던집니다. 빗나가지 않습니다. 경기가 계속됩니다. 퀘플은 여전히 그리핀도르가 가지고 있습니다."

그 일은 해리가 또 한 번 빙빙 돌면서 위험하게 머리 근처를 지나가는 블러저를 피한 직후에 벌어졌다. 갑자기 빗자루가 무서울 정도로 요동쳤다. 아주 짧은 순간 해리는 밑으로 떨어질 거라고 생각했다. 그는 양손과 양 무릎으로 빗자루를 꽉 붙들었다. 이런 느낌은 처음이었다.

똑같은 일이 한 번 더 일어났다. 마치 빗자루가 해리를 떨어뜨리려고 기를 쓰는 것 같았다. 하지만 님부스 2000이 갑자기 타고 있는 사람을 떨어뜨리려고 작정했을 리는 없었다. 해리는 그리핀도르 골대 쪽으로 방향을 돌리려고 애썼다. 우드에게 타임아웃을 요청할지 말지 고민하다가…… 다음 순간 해리는 자신이 빗자루에 대한 통제력을 완전히 잃었음을 알았다. 방향을 돌릴 수가 없었다. 조종할 수가 없었다. 빗자루가 지그재그로 하늘을 날아다니며 이따금 격렬하게 휙휙 움직이는 바람에 해리는 하마터면 떨어질 뻔했다.

리 조던이 중계를 이어 갔다.

"슬리데린의 플린트가 쿼플을 소유하고 있습니다…….
플린트가 그대로 스피넛을 제칩니다. 벨을 제치고…… 블
러저로 얼굴을 세게 얻어맞습니다. 코라도 부러졌으면 좋
겠네요. 농담입니다, 교수님. 슬리데린이 득점합니다. 이럴
수가…….”

슬리데린 학생들이 환호했다. 해리의 빗자루가 보이는
이상한 행동은 아무도 눈치채지 못한 듯했다. 빗자루는 휙
움직이거나 들썩들썩하면서 해리를 경기가 벌어지는 데서
한참 높은 곳으로 천천히 데려가고 있었다.

"해리가 왜 저러는지 모르겠네." 해그리드가 중얼거렸
다. 그는 쌍안경 너머를 뚫어지게 바라보았다. "누가 보면
해리가 빗자루를 조종하지 못하게 된 줄 알겠지만…… 그
럴 리가…….”

갑자기 사람들이 관중석 위에 있는 해리를 가리켰다. 빗
자루가 빙글빙글 돌기 시작했고, 해리는 간신히 매달려 있
을 뿐이었다. 다음 순간 관중 모두가 숨을 들이켰다. 빗자
루가 거칠게 요동치면서 해리가 그 위에서 미끄러진 것이
다. 해리는 이제 빗자루에 한 손으로만 매달려 있었다.

"플린트가 막아섰을 때 뭐가 잘못된 걸까요?" 셰이머스
가 속삭였다.

"그럴 리가." 해그리드의 목소리가 떨렸다. "아주 강력한 어둠의 마법이 아니면 빗자루에 영향을 줄 수 없어……. 님부스 2000에 그런 짓을 할 수 있는 학생도 없고."

이 말을 들은 헤르미온느가 해그리드의 쌍안경을 잡아채더니 해리를 올려다보는 대신 미친 듯이 관중석을 살피기 시작했다.

"왜 그래?" 얼굴이 허옇게 질린 론이 신음했다.

"저럴 줄 알았어." 헤르미온느가 헉하고 숨을 들이켰다. "스네이프야. ……봐."

론이 쌍안경을 움켜쥐었다. 스네이프는 맞은편 관중석 한가운데 있었다. 그는 해리에게서 눈을 떼지 않은 채 뭔가를 끊임없이 숨죽여 중얼거리고 있었다.

"뭔가 하고 있잖아……. 빗자루에 저주를 거는 거야." 헤르미온느가 말했다.

"어떻게 하지?"

"나한테 맡겨."

헤르미온느는 론이 더 말할 새도 없이 사라져 버렸다. 론은 쌍안경을 다시 해리에게로 돌렸다. 빗자루가 너무 심하게 흔들려서 해리가 더 매달려 있기도 거의 불가능했다. 모든 관중이 자리에서 일어나 겁에 질린 채 지켜보는 가운데 위즐리 쌍둥이가 해리를 자기들의 빗자루로 안전하게 끌어당기려고 했지만 별 소용 없었다. 위즐리 형제가 가까이 갈 때마다 빗자루는 더 높은 곳으로 훌쩍 올라갔다. 위즐리 형제는 고도를 낮춰 해리 밑에서 맴돌았다. 해리가 떨어지면 잡아 주려는 게 틀림없었다. 마커스 플린트가 쿼플을 낚아채 아무도 보지 않는 와중에 다섯 차례나 득점을 올렸다.

"어서, 헤르미온느." 론이 간절하게 중얼거렸다.

인파를 뚫고 스네이프가 서 있는 관중석으로 간 헤르미온느는 지금 스네이프가 있는 자리의 뒷줄을 따라 달리고 있었다. 퀴럴 교수에게 부딪혀 그를 앞줄로 넘어뜨리고도 멈춰 서서 사과도 하지 않았다. 스네이프에게 다다르자 헤르미온느는 쭈그리고 앉아 마법 지팡이를 꺼낸 뒤 신중하게 고른 단어 몇 마디를 속삭였다. 헤르미온느의 지팡이에서 밝은 푸른색 불길이 튀어나가 스네이프의 로브 자락에 옮겨 붙었다.

스네이프가 옷에 불이 붙었다는 사실을 알아차리기까지는 아마 30초쯤 걸렸을 것이다. 갑작스럽게 터져 나온 비명 덕분에 헤르미온느는 임무를 완수했다는 사실을 알 수 있었다. 헤르미온느는 스네이프의 로브 자락에서 불꽃을 떠내 주머니에 들어 있던 작은 병에 옮겨 담으며 재빨리 좌석을 따라 되돌아갔다. 스네이프는 무슨 일이 있었는지 결코 알지 못할 것이다.

그것으로 충분했다. 공중에 있던 해리는 재빨리 다시 빗자루에 올라탈 수 있었다.

"네빌, 이제 눈 떠도 돼!" 론이 네빌에게 소리쳤다. 네빌은 5분 전부터 해그리드의 외투에 얼굴을 묻고 훌쩍이고 있었다.

관중은 해리가 땅으로 급강하하면서 마치 토악질하려는 것처럼 손으로 입을 막는 모습을 보았다. 그는 경기장 바닥에 착지해 납작 엎드렸다. 기침을 했다. 그러자 황금빛 무언가가 그의 손바닥 위에 떨어졌다.

"스니치를 잡았어!" 해리가 머리 위로 스니치를 흔들며 소리치자, 경기는 완전한 혼란 속에서 종료되었다.

"저건 잡았다고 볼 수 없어. 거의 삼킬 뻔했잖아." 20분이 지날 때까지 플린트가 그렇게 울부짖었지만 달라지는 건 아무것도 없었다. 해리는 어떤 규칙도 어기지 않았고, 리 조던은 그때까지도 기꺼이 큰 소리로 경기 결과를 전하고 있었다. 170 대 60으로 그리핀도르가 이겼다. 하지만 해리는 아무 소리도 듣지 못했다. 잠시 후 그는 론, 헤르미온느와 함께 해그리드의 오두막에서 진한 차를 마시고 있었다.

"스네이프였어." 론이 설명했다. "헤르미온느랑 내가 봤어. 스네이프가 네 빗자루에 저주를 걸고 있었어. 뭐라고 중얼거리면서, 너한테서 눈을 떼지 않더라고."

"말도 안 돼." 관중석에 있을 때 바로 옆자리에서 오간 이야기인데도 한 마디도 듣지 못한 해그리드가 그렇게 말했다. "스네이프 교수가 왜 그런 짓을 하겠냐?"

해리, 론, 헤르미온느는 딱히 뭐라고 말해야 할지 몰라서 서로를 바라보았다. 해리는 진실을 말하기로 마음을 굳혔다.

"스네이프에 대해 뭔가 알아낸 게 있어서 그래요." 해리가 해그리드에게 말했다. "핼러윈 날 스네이프는 머리 세 개 달린 개를 지나가려고 했어요. 그러다 물렸고요. 뭔진 모르지만 우리는 스네이프가 그 개가 지키고 있는 물건을 훔치려 한다고 생각해요."

해그리드가 찻주전자를 떨어뜨렸다.

"너희가 복슬이를 어떻게 알아?" 해그리드가 말했다.

"복슬이요?"

"그래, 복슬이는 내가 기르는 개야. 작년에 술집에서 만난 그리스 녀석한테 샀지. 뭘 좀 지켜야 한다길래 덤블도어 교수님께 빌려 드렸는데……."

"그래요?" 해리가 기대에 차서 물었다.

"자, 더 이상은 묻지 마라." 해그리드가 퉁명스럽게 말했다. "이건 극비 사항이야. 비밀이라고."

"하지만 스네이프는 그걸 훔치려고 해요."

"말이 되는 소리를 해라." 해그리드가 다시 말했다. "스네이프는 호그와트의 교수잖아. 그런 짓은 절대 안 한다."

"그럼 왜 해리를 죽이려고 한 건데요?" 헤르미온느가 소리쳤다.

그날 오후에 있었던 일이 스네이프에 대한 헤르미온느의 생각을 바꿔 놓은 게 분명했다.

"저주인지 아닌지는 보면 알아요, 해그리드. 책에서 다 읽었다고요! 저주를 걸려면 눈을 계속 맞추고 있어야 해요. 스네이프가 눈 한 번 깜빡거리지 않는 걸 제가 봤다니까요!"

"분명히 말하는데, 네가 틀린 거야!" 해그리드도 물러서지 않았다. "해리의 빗자루가 왜 그렇게 움직였는지는 모르겠다만, 스네이프 교수가 학생을 죽이려 들 리 없잖냐! 잘 들어라. 셋 다 너희랑 아무 상관도 없는 일에 끼어들고 있는 거야. 위험한 일이다. 개도 잊고, 그 개가 지키는 물건에 대해서도 잊어버려. 그건 덤블도어 교수님이랑 니콜라 플라멜 사이의……."

"아하!" 해리가 말했다. "그러니까 니콜라 플라멜이라는 사람이랑 관련된 일이라는 거네요. 그쵸?"

해그리드는 자기 자신에게 굉장히 화가 난 것 같았다.

12장
소망의 거울

크리스마스가 다가오고 있었다. 12월 중순의 어느 날 아침, 호그와트는 1미터나 되는 눈으로 뒤덮인 채 잠에서 깨어났다. 호수는 꽁꽁 얼어붙었고, 위즐리 쌍둥이는 여러 개의 눈덩이가 퀴럴을 쫓아다니면서 터번 뒤에 부딪쳐 튕겨나오게끔 마법을 건 탓에 벌을 받기도 했다. 눈보라가 몰아치는 하늘을 뚫고 날아와 우편물을 배달해 준 몇 안 되는 부엉이와 올빼미는 다시 날아가기 전 해그리드의 간호를 받고 체력을 회복해야 했다.

모두 연휴가 시작되기만을 기다렸다. 그리핀도르 휴게실과 대연회장에는 난롯불이 맹렬히 타올랐지만 찬바람이 들어오는 복도는 얼음장처럼 변했고, 교실에서는 살을 에는 바람이 창문을 흔들어 댔다. 무엇보다 최악은 저 아래 지하 감옥에서 진행되는 스네이프 교수의 수업이었다. 그곳은 숨을 내쉬면 곧장 입김으로 바뀔 정도로 싸늘했으므로 학생들은 되도록 뜨거운 솥 가까이 붙어 섰다.

"정말 안됐어." 한번은 마법약 시간에 드레이코 말포이가 말했다. "집에서 기다리는 사람 하나 없어서 크리스마스 때도 어쩔 수 없이 호그와트에 있어야 하는 애들 말이야."

그렇게 말하면서 말포이는 해리 쪽을 보고 있었다. 크래브와 고일이 낄낄거렸다. 라이언피시 등뼈를 빻은 가루의 무게를 재던 해리는 그들을 무시했다. 퀴디치 시합 이후 말포이는 전보다 더 짜증 나는 아이가 됐다. 슬리데린이 졌다는 사실을 참을 수 없었던 모양인지, 다음번 경기에서는 해리 대신 입 큰 청개구리를 수색꾼으로 쓰는 게 어떠냐며 모두를 웃기려 했다. 다음 순간 말포이는 아무도 그 말을 재밌어하지 않는다는 것을 깨달았다. 아이들은 해리가 이리저리 날뛰는 빗자루에서 떨어지지 않은 것만으로도 깊이 감명받았던 것이다. 그리하여 말포이는 질투와 분노에 사로잡힌 채, 가족이라 할 만한 사람이 없다는 사실을 들먹여 해리를 조롱하는 방식으로 돌아갔다.

크리스마스 동안 해리가 프리빗가에 돌아가지 않는 것은

사실이었다. 지난주 맥고나걸 교수가 와서 연휴 동안 학교에 남아 있을 학생들의 명단을 만들었는데, 해리는 즉시 그 명단에 이름을 적었다. 해리는 결코 자기가 불쌍하다고 생각하지 않았다. 이번 크리스마스는 아마도 그가 지금껏 보낸 크리스마스 중 최고일 테니까. 위즐리 부부가 찰리를 만나러 루마니아에 가기로 했기에 론과 그의 형들도 학교에 남을 예정이었다.

마법약 수업이 끝나고 지하 감옥을 나서자 엄청나게 큰 전나무가 눈앞의 복도를 가로막고 있었다. 그 아래 삐죽 튀어나온 거대한 두 발과 헉헉거리는 커다란 숨소리가 나무 뒤에 해그리드가 있다는 것을 알려 주었다.

"안녕하세요, 해그리드. 도와드릴까요?" 론이 나뭇가지 사이로 고개를 들이밀며 물었다.

"아니, 괜찮아. 고맙다, 론."

"길 좀 비켜 줄래?" 뒤에서 말포이의 차갑고 느릿느릿한 말투가 들려왔다. "용돈이라도 벌어 보려는 거야, 위즐리? 너도 호그와트를 졸업하면 숲지기가 되고 싶은 모양인데…… 하긴 너희 가족이 살던 곳에 비하면 해그리드의 오두막은 궁전 같겠지."

론이 말포이에게 달려든 순간 스네이프가 계단을 올라

왔다.

"위즐리!"

론은 움켜쥐고 있던 말포이의 로브 앞자락을 놓았다.

"말포이가 시비를 걸어서 그런 겁니다, 스네이프 교수님." 해그리드가 나무 뒤에서 커다란 수염투성이 얼굴을 내밀며 말했다. "말포이가 론의 가족을 모욕했어요."

"뭐가 어쨌든 싸움은 호그와트 교칙 위반이오, 해그리드." 스네이프가 입바른 소리를 했다. "그리핀도르는 5점 감점이다, 위즐리. 그 이상 감점하지 않은 걸 다행으로 알아라. 다들 비켜."

말포이, 크래브, 고일이 나무를 거칠게 밀치고 지나가면서 뾰족한 나뭇잎을 사방에 흩뿌리고 기분 나쁘게 히죽거렸다.

"두고 봐." 론이 말포이의 등에 대고 이를 갈며 말했다. "조만간 꼭 혼내 줄 거야……."

"둘 나 꼴 보기 싫어." 해리가 밀했다. "말포이도 스네이프도."

"자자, 기분 풀어라. 크리스마스도 다가오는데." 해그리드가 말했다. "저기 말이지, 나랑 같이 대연회장에 가자. 근사한 걸 보여 주마."

해리, 론, 헤르미온느는 나무를 들고 있는 해그리드를 따라 대연회장으로 갔다. 그곳에서는 맥고나걸 교수와 플리트윅 교수가 분주하게 크리스마스 장식을 하고 있었다.

"아, 해그리드. 그게 마지막 나무로군요……. 저쪽 구석에 놔주겠어요?"

연회장은 가히 장관이었다. 호랑가시나무와 겨우살이로 엮은 장식용 줄이 벽마다 가득 걸려 있고, 열두 그루나 되는 높다란 크리스마스트리가 연회장 안에 빙 둘러 서 있었다. 그중 몇 그루에는 아주 작은 고드름이 여러 개 달려 반짝거렸고, 또 몇 그루는 수백 개의 촛불로 빛나고 있었다.

"연휴까지 며칠 남았지?" 해그리드가 물었다.

"딱 하루 남았어요." 헤르미온느가 말했다. "아, 생각났다…… 해리, 론, 점심시간 전에 30분 정도 시간이 있잖아. 우리 그때 도서관에 가야 돼."

"아, 그래. 맞다." 론이 지팡이 끝에서 황금빛 거품을 만들어 새로 가져온 나무의 가지들에 자취를 남기고 있는 플리트윅 교수에게서 시선을 떼고 말했다.

"도서관?" 해그리드가 연회장 바깥으로 그들을 따라 나오며 말했다. "연휴 직전에 도서관에 간다고? 너무 열심히 하는 거 아니냐?"

"아, 공부하러 가는 거 아니에요." 해리가 밝은 목소리로 말했다. "아저씨가 니콜라 플라멜 얘기를 한 이후로 그 사람이 누군지 계속 찾고 있었거든요."

"뭘 한다고?" 해그리드는 충격을 받은 얼굴이었다. "잘 들어라. 전에도 말했지만, 그만둬. 그 개가 지키고 있는 물건은 너희랑 아무 상관도 없어."

"그냥 니콜라 플라멜이 누군지 알고 싶을 뿐이에요. 그게 다예요." 헤르미온느가 말했다.

"아니면 아저씨가 말해 주시면 되잖아요. 그럼 굳이 고생할 필요도 없을 텐데." 해리가 덧붙였다. "책을 벌써 수백 권은 봤는데 어디에서도 찾지 못했어요. 그냥 힌트 하나만 주세요. 분명히 그 이름을 어디서 본 적이 있어요."

"나는 아무 말도 안 할 거다." 해그리드가 단호하게 말했다.

"그럼 그냥 우리가 직접 찾아봐야겠네요." 론이 말했다. 그들은 언짢아 보이는 해그리드를 뒤로하고 서둘러 도서관으로 향했다.

해그리드가 말을 흘린 이후로 그들은 정말로 책들을 뒤지며 플라멜의 이름을 찾고 있었다. 그러지 않고서는 스네이프가 훔치려는 물건이 뭔지 알아낼 방법이 없었던 것이다. 문제는, 플라멜이 어떤 일로 책에 실렸는지 모르기 때문에 어디에서부터 조사를 시작해야 하는지 알 수 없다는 것이었다. 플라멜은 《20세기의 위대한 마법사들》이나 《우리 시대의 주목할 만한 마법계 인물 백과》에도 실려 있지 않았다. 《현대의 중요한 마법적 발견들》에도, 《마법학의 최근 발전상에 관한 연구》에도 없었다. 게다가 당연한 일이지만, 도서관 자체가 너무 컸다. 그곳에는 수만 권의 책과 수천 개의 책꽂이와 수백 개의 좁은 통로가 있었다.

헤르미온느가 조사하기로 한 주제와 책 제목 목록을 꺼내는 동안 론은 줄지은 책들 사이를 성큼성큼 걸어 다니며 책꽂이에서 책을 무작위로 뽑기 시작했다. 해리는 이리저리 돌아다니다가 제한구역으로 향했다. 제한구역 안 어딘가에 플라멜과 관련된 책이 있지 않을까 하는 생각이 잠깐 들었다. 유감스럽게도 제한구역에 있는 책들을 보려면 선생 한 명한테서 특별히 서명을 받아야 했는데, 해리는 결코 그 서명을 받을 수 없다는 것을 알았다. 제한구역의 책들은 호그와트에서는 절대로 가르치지 않는 강력한 어둠의 마법에 관한 내용을 담고 있는 것들로, 고급 어둠의 마법 방어법을 공부하는 고학년들만 볼 수 있었다.

"뭘 찾고 있니, 얘야?"

"아무것도 아녜요." 해리가 말했다.

사서인 핀스 선생이 그에게 깃털로 만든 먼지떨이를 휘둘렀다.

"그럼 나가는 게 좋겠구나. 어서, 나가!"

해리는 진작 무슨 얘기라도 지어낼 걸 그랬다고 생각하며 도서관을 나갔다. 해리, 론, 헤르미온느는 핀스 선생에게 플라멜을 어디에서 찾을 수 있느냐고 묻지 않는 게 좋겠다는 데 이미 합의했다. 그녀는 분명 답을 줄 수 있겠지만, 그들이 무슨 일을 하고 다니는지 스네이프가 알게 되는 위험을 감수할 수는 없었다.

해리는 두 친구가 뭐라도 찾아냈는지 궁금해하며 도서관 앞에서 기다리면서도 별다른 기대는 하지 않았다. 조사를 시작한 지 벌써 2주나 됐지만 수업 시간 사이사이에 짬을 낼 뿐이었으므로 아무런 소득이 없는 것도 이상한 일이 아니었다. 그들에게 정말로 필요한 것은 일거수일투족을 감시하는 핀스 선생 없이 충분히 오랫동안 조사하는 일이었다.

5분 뒤, 론과 헤르미온느가 고개를 저으며 해리에게 왔다. 셋은 점심을 먹으러 갔다.

"내가 집에 가 있는 동안에도 계속 찾아볼 거지?" 헤르미온느가 말했다. "그리고 뭐라도 찾으면 올빼미를 보내 줘."

"넌 부모님한테 플라멜이 누군지 아냐고 한번 여쭤봐." 론이 말했다. "그분들한테는 물어봐도 안전하겠지."

"안전하기야 하지, 두 분 다 치과 의사니까." 헤르미온느가 말했다.

연휴가 시작되자마자 즐길 게 너무 많아 론과 해리는 플라멜 생각을 할 겨를이 없었다. 기숙사 침실은 둘의 차지가 되었고, 휴게실도 평소보다 사람이 훨씬 줄어 둘이서 벽난로 근처에 있는 좋은 안락의자를 차지할 수 있었다. 해리와 론은 몇 시간이고 앉아서 빵과 크럼핏(동글납작한 잉글랜드 전통 팬케이크―옮긴이), 마시멜로 등 꼬치에 꽂을 수 있는 것이라면 뭐든 구워 먹으며 말포이를 퇴학시킬 계획을 짰는데, 실현 가능성과는 상관없이 이야기하는 것만으로도 재미있었다.

론은 또한 해리에게 마법사 체스를 가르쳐 주었다. 마법사 체스는 말들이 살아 움직이는 덕분에 실제로 전쟁터에 나가 군대를 이끄는 기분이 든다는 것만 빼면 머글 체스와 똑같았다. 론의 체스 세트는 매우 낡고 닳은 것이었다. 론이 가진 다른 물건들과 마찬가지로 한때는 그의 가족 중 한 사람의 것이었는데, 이 체스 세트는 론의 할아버지가 쓰던 것이었다. 하지만 오래된 체스 말들은 전혀 문제가 되지 않았다. 론은 그 말들을 아주 잘 알고 있어서 아무런 어려움 없이 원하는 대로 말들을 움직일 수 있었다.

해리는 셰이머스 피니건이 빌려준 말로 체스를 뒀는데, 그 말들은 해리를 전혀 신뢰하지 않았다. 해리가 아직 체스를 잘 두지 못해서인지 말들은 계속해서 서로 다른 조언들을 외치며 해리를 헷갈리게 만들었다. "날 저쪽으로 보내면 안 되지. 저기 나이트 안 보여? *저놈*을 보내. *저놈* 정도는 잃어도 되잖아."

해리는 크리스마스이브에 잠자리에 들면서 다음 날 맛있는 음식을 먹고 재미있는 일도 많이 하게 될 것을 고대했지만 선물은 아예 기대도 하지 않았다. 그러나 다음 날 아침에 일어났을 때 가장 먼저 눈에 들어온 것은 침대 발치에 조그맣게 쌓인 선물 더미였다.

"메리 크리스마스." 해리가 허둥지둥 침대에서 내려와 가운을 걸치고 있자니 론이 잠이 덜 깬 목소리로 말했다.

"너도." 해리가 말했다. "이것 좀 볼래? 나한테 선물이 왔어!"

"그럼 뭘 기대한 거야? 순무?" 론이 자신의 선물 더미로 눈을 돌리며 말했다. 론의 선물 더미는 해리 것보다 훨씬 컸다.

해리는 맨 위에 있는 선물 꾸러미를 집어 들었다. 두꺼운 갈색 포장지에 '해리에게, 해그리드가'라는 글자가 휘갈겨 써 있었다. 안에는 거칠게 깎아 만든 나무 피리가 들어 있었다. 해그리드가 직접 깎아서 만든 게 틀림없었다. 해리는 피리를 불어 보았다. 부엉이 비슷한 소리가 났다.

아주 작은 두 번째 소포에는 쪽지가 들어 있었다.

'못 온다는 소식 잘 받았다. 크리스마스 선물을 동봉한다. 버넌 이모부와 피튜니아 이모가.' 쪽지에는 50펜스짜리 동전이 셀로판테이프로 붙여져 있었다.

"다정도 하시지." 해리가 중얼거렸다.

론은 50펜스 동전에 온통 마음을 빼앗겼다.

"*진짜 신기하다!*" 론이 말했다. "무슨 모양이 이래? 이게 돈이야?"

"너 가져." 해리가 말했다. 뛸 듯이 기뻐하는 론을 보자 웃음이 나왔다. "해그리드랑 이모, 이모부……. 그럼 다른 것들은 누가 보냈지?"

"저건 누가 보냈는지 알겠다." 론이 살짝 얼굴을 붉히며 울퉁불퉁한 꾸러미를 가리켰다. "우리 엄마야. 내가 엄마한테 네가 선물 같은 건 기대도 안 한다고 말했거든…….
아, 이런." 론이 신음했다. "엄마가 너한테도 위즐리 스웨터를 만들어 주셨네."

해리가 포장을 뜯자, 손으로 직접 뜬 에메랄드색 두꺼운 스웨터와 집에서 만든 퍼지(설탕, 버터, 우유로 만든 물렁물렁한 사탕의 하나—옮긴이)가 들어 있는 커다란 상자가 나왔다.

"엄마는 매년 우리한테 스웨터를 만들어 주시거든." 론이 자기 스웨터를 꺼내며 말했다. "근데 내 건 맨날 고동색이야."

"정말 좋은 분인걸." 해리가 퍼지를 베어 먹으며 말했다. 굉장히 맛있었다.

해리의 다음 선물에도 간식거리가 들어 있었다. 헤르미온느가 보내 준, 커다란 개구리 초콜릿 상자였다.

선물 꾸러미가 딱 하나 남았다. 해리는 선물을 집어 들고 손으로 만져 보았다. 꽤 가벼웠다. 해리는 포장을 풀었다.

부드러운 은회색 물체가 바닥에 스르륵 떨어져 내리더니 그대로 접혀서 환하게 빛났다. 론이 숨을 들이켰다.

"전에 들은 적 있어." 론이 헤르미온느에게서 받은 모든 맛이 나는 강낭콩 젤리 상자를 떨어뜨리며 목소리를 죽인 채 말했다. "내가 생각하는 게 맞다면…… 이거 진짜 보기

드문 거야. *진짜 비싸고.*"

"이게 뭔데?"

해리는 바닥에서 빛나는 은빛 천을 들어 올렸다. 마치 물로 짠 듯 촉감이 이상했다.

"투명 망토야." 그렇게 말하는 론의 얼굴에는 경이로운 표정이 떠올라 있었다. "확실해. 한번 걸쳐 봐."

해리가 어깨에 망토를 걸친 모습을 본 론이 소리를 질렀다.

"*진짜였어! 밑을 봐!*"

해리가 발치를 내려다보니 발은 사라지고 없었다. 그는 거울 쪽으로 달려갔다. 거울에 비친 해리가 그 자신을 마주 본 것까지는 당연한 일이었다. 다만 몸은 완전히 투명했고 머리만 공중에 떠 있었다. 투명 망토를 머리 위로 끌어 올리자 거울 속 모습은 완전히 사라졌다.

"편지가 있어!" 론이 갑자기 말했다. "거기서 편지가 떨어졌다고!"

해리는 망토를 벗고 편지를 집었다. 한 번도 본 적 없는 폭 좁고 특이한 글씨체로 다음과 같이 적혀 있었다.

너희 아버지가 돌아가시기 전에 이걸 나에게 맡기셨다.

이제 너에게 돌려줄 때가 된 것 같구나.

잘 쓰거라.

메리 크리스마스.

서명은 없었다. 해리는 편지를 뚫어지게 바라보았다. 론은 감탄하느라 여념이 없었다.

"이걸 가질 수만 있으면 뭐든 내놓겠다." 론이 말했다. "뭐든지. 왜 그래?"

"아무것도 아냐." 해리가 말했다. 아주 이상한 기분이 들었다. 누가 이 망토를 보냈을까? 이게 정말로 아버지의 물건이었을까?

해리가 무슨 말이나 생각을 할 새도 없이 침실 문이 벌컥 열리더니 프레드와 조지 위즐리가 뛰어 들어왔다. 해리는 투명 망토를 보이지 않는 곳에 재빨리 쑤셔 넣었다. 아직은 다른 사람과 이 망토를 같이 쓰고 싶은 마음이 없었다.

"메리 크리스마스!"

"야, 이것 봐. 해리도 위즐리 스웨터를 받았네!"

프레드와 조지는 파란색 스웨터를 입고 있었다. 한 벌에는 커다란 노란색 글자로 F가, 다른 한 벌에는 커다란 노란색 글자로 G가 적혀 있었다.

"해리 스웨터가 우리 것보다 좋은데." 프레드가 해리의 스웨터를 들어 올리며 말했다. "가족이 아닌 사람한테 짜 줄 때 더 공을 들이는 게 틀림없어."

"너는 왜 스웨터 안 입고 있냐, 론?" 조지가 물었다. "자, 얼른 입어. 아주 사랑스럽고 따뜻해."

"난 고동색이 싫어." 론이 스웨터에 머리를 집어넣으며 심드렁하게 말했다.

"네 스웨터엔 글자가 없네." 조지가 말했다. "너는 네 이름을 까먹지 않는다고 생각하시나 봐. 하지만 우리도 바보는 아닌데……. 우리 이름이 그레드랑 포지라는 것 정도는 알거든."

"왜 이렇게 시끄러워?"

퍼시 위즐리가 탐탁지 않은 표정을 지으며 문으로 고개를 들이밀었다. 울퉁불퉁한 스웨터를 팔에 걸친 걸 보니 퍼시 역시 선물을 풀다 말고 온 게 분명했다. 프레드가 그의 스웨터를 낚아챘다.

"반장이라 P라고 적혀 있나 보네! 입어 봐, 퍼시. 얼른. 우린 다 입고 있잖아. 해리도 한 벌 받았어."

"나는…… 입고…… 싫지……." 퍼시가 우물거렸다. 쌍둥이들이 머리에 억지로 스웨터를 뒤집어씌우는 바람에 그의 안경이 비뚤어졌다.

"오늘은 반장들하고만 어울리지 말고 우리랑도 좀 있어." 조지가 말했다. "크리스마스는 가족과 함께 보내는 날이니까."

쌍둥이는 스웨터에 꽉 껴서 옆구리에 딱 붙은 퍼시의 양팔을 붙든 채 그를 끌고 나갔다.

해리는 여태껏 단 한 번도 그런 크리스마스 만찬을 즐겨본 적이 없었다. 100마리나 되는 통통한 칠면조 구이, 산처럼 쌓인 구운 감자와 삶은 감자가 있었고, 빵빵한 치폴라타 소시지가 접시마다 그득했으며, 버터 바른 완두콩이 담긴 큰 그릇들과, 걸쭉하고 진한 그레이비 소스와 크랜베리 소스가 담긴 보트 모양 은그릇들이 있었다. 게다가 식탁을 따라 30센티미터 간격으로 마법사용 크리스마스 크래커(크리스마스 크래커는 영국 아이들이 즐기는 크리스마스 장난감의 하나로, 세 칸으로 나뉘어 있으며 두 사람이 각각 한쪽 끝을 잡고 잡아당기면 포장이 뜯어지면서 가운데 칸에 있는 선물이 나오는데, 이때 포장지에 묻은 화학약품 때문에 펑 소리가 난다―옮긴이)가 쌓여 있었다. 이 환상적인 크리스마스 크래커는 더즐리 부부가 사 왔던, 조그만 플라스틱 장난감과 조잡한 종이

모자가 들어 있는 시시한 머글 물건과는 비교도 되지 않았다. 해리와 프레드가 각각 양 끝을 잡고 당기자 그것은 그냥 터지는 정도가 아니라 대포처럼 폭발해서는 두 사람을 파란 연기구름 속에 삼켜 버렸고 안에서는 해군 제독 모자와 살아 있는 흰생쥐 몇 마리가 튀어나왔다. 상석에서는 덤블도어가 뾰족한 마법사 모자 대신 꽃 달린 보닛을 쓰고 플리트윅 교수가 방금 읽어 준 우스갯소리에 즐겁게 키득거리고 있었다.

칠면조에 이어 불붙은 크리스마스 푸딩이 나왔다. 퍼시는 자기 몫의 푸딩 조각에 파묻혀 있던 1시클 은화를 깨물었다가 이가 부러질 뻔했다. 해리는 해그리드가 얼굴이 점점 붉어지는 와중에도 와인을 더 마시다가 급기야 맥고나걸 교수의 뺨에 입 맞추는 것을 보았다. 놀랍게도 맥고나걸 교수는 정장 모자를 비뚜름하게 쓴 채 킥킥 웃으며 얼굴을 붉혔다.

마침내 식탁에서 일어났을 때 해리의 손에는 크리스마스 크래커에서 나온 절대로 터지지 않는 야광 풍선과 티눈 만들기 세트, 그가 쓸 새 마법사 체스 세트 같은 물건들이 잔뜩 들려 있었다. 흰쥐는 사라졌는데, 해리는 그 쥐들이 노리스 부인의 크리스마스 만찬 메뉴가 될 것 같다는 끔찍한 기분이 들었다.

해리와 위즐리 형제들은 교정에 나가 격렬한 눈싸움을 하면서 그날 오후를 즐겁게 보냈다. 그런 다음 그들은 춥고 젖은 몸으로 숨을 헐떡거리며 그리핀도르 휴게실의 난롯가로 돌아왔다. 그곳에서 해리는 론에게 보기 좋게 지면서 새 체스 세트를 훈련시켰다. 퍼시가 그렇게까지 훈수를 두지만 않았다면 그토록 심하게 지지는 않았을 것이다.

칠면조 샌드위치와 크럼핏, 트라이플, 크리스마스 케이크를 곁들여 차를 한 잔 마시고 난 뒤에는 모두 너무 배가 부르고 졸린 나머지 잠들기 전까지 가만히 앉아, 퍼시가 반장 배지를 훔쳐 간 프레드와 조지를 쫓아 그리핀도르 탑 여기저기를 뛰어다니는 광경을 구경하기만 했다.

해리 평생 최고의 크리스마스였다. 하지만 온종일 머리 한구석을 찜찜하게 맴도는 생각이 있었다. 침대에 누운 뒤에야 왜 그런 기분이 드는지 생각할 여유가 생겼다. 바로 투명 망토와, 그 망토를 보낸 정체 모를 사람 때문이었다.

칠면조와 케이크를 잔뜩 먹은 데다 고민거리도 없는 론은 침대 커튼을 치자마자 곯아떨어졌다. 해리는 침대 옆으로 몸을 구부려 그 아래 넣어 두었던 투명 망토를 끌어당겼다.

아빠의 물건……. 이게 아빠가 쓰던 물건이었다니. 해리는 투명 망토가 손을 따라 흐르도록 내버려 두었다. 비단보다도 부드럽고 공기처럼 가벼웠다. '잘 쓰거라.' 편지에는 그렇게 적혀 있었다.

당장 써 봐야 했다. 해리는 재빨리 침대에서 나와 투명 망토로 몸을 감쌌다. 다리를 내려다보니 달빛과 그림자만 보였다. 기분이 매우 이상했다.

'잘 쓰거라.'

갑자기 정신이 번쩍 드는 것 같았다. 이것만 있으면 호그와트 전체가 그에게 활짝 열려 있는 것이나 다름없었다. 어둠과 침묵 속에 서 있으려니 흥분이 홍수처럼 밀려왔다. 이것만 두르면 어디든 갈 수 있다. 어디를 가더라도 필치는 결코 모를 것이다.

론이 잠결에 웅얼거렸다. 론을 깨워야 할까? 뭔가가 해리를 말렸다. 이건 아빠의 투명 망토다. 해리는 이번만은, 처음 한 번만큼은 이것을 혼자 써 보고 싶었다.

해리는 기숙사 침실을 몰래 빠져나와 계단을 내려간 다음 휴게실을 가로질러 초상화 구멍으로 나갔다.

"게 누구냐?" 뚱뚱한 귀부인이 꽥 소리쳤다. 해리는 아무런 대답도 하지 않고 빠르게 복도를 걸어갔다.

어디로 가야 할까? 심장이 두방망이질하는 가운데 해리는 잠시 멈춰서 생각했다. 그러자 그 생각이 떠올랐다. 도서관 제한구역. 거기에 가면 플라멜이 누구인지 알아낼 때까지 마음껏 책을 볼 수 있을 것이다. 해리는 투명 망토를 단단히 잡아당기면서 조심스럽게 발걸음을 옮겼다.

도서관은 칠흑같이 깜깜하고 매우 으스스했다. 해리는 여러 줄로 늘어선 책들 사이를 움직이면서 앞을 보려고 등을 켰다. 내려다보니 등불은 꼭 공중에 떠 있는 것처럼 보였다. 등불을 들고 있는 게 느껴지는데도 그 광경에 소름이 돋았다.

제한구역은 도서관 가장 안쪽에 있었다. 해리는 도서관의 나머지 구역과 제한구역을 분리해 놓은 밧줄을 조심스럽게 넘은 뒤 그곳에 있는 책들의 제목을 읽으려고 등불을 들어 올렸다.

제목만 봐서는 알 수 있는 게 별로 없었다. 다 벗겨져 가는 빛바랜 금색 글자들은 해리가 알지 못하는 언어로 쓰여 있었다. 아예 제목이 없는 책도 몇 권 있었다. 어떤 책에는 끔찍하게도 핏자국처럼 보이는 어두운 빛깔의 얼룩이 묻어 있었다. 해리의 목덜미 털이 곤두섰다. 상상인지 아닌지 모르겠지만, 여기에 들어와서는 안 되는 누군가가 들어와 있다는 걸 안다는 듯 책들이 희미하게 소곤대는 소리가 들리는 것 같았다.

어딘가에서는 조사를 시작해야 했다. 해리는 등불을 조심스럽게 바닥에 내려놓고 흥미를 끄는 책을 찾아 책꽂이 맨 아래 칸을 살펴보았다. 검은색과 은색으로 된 커다란 책이 시선을 잡아끌었다. 책이 너무 무거운 탓에 간신히 빼냈다. 무릎에 올려놓자 무게 때문에 책이 저절로 펼쳐졌다.

귀청을 찢는, 피가 얼어붙을 듯 날카로운 소리가 정적을 깨뜨렸다. 책이 비명을 지르고 있었다! 해리가 책을 탁 덮었지만 비명은 단 한 줄기 높고 끊기지 않고 고막을 찢을 듯한 음으로 계속되었다. 해리가 비틀거리며 물러나다가 쳐서 넘어뜨리는 바람에 등불이 바로 꺼졌다. 허둥거리는 해리의 귀에 바깥 복도에서 이쪽으로 다가오는 발소리가 들렸다. 해리는 비명을 지르는 책을 책꽂이에 도로 쑤셔넣고 도망쳤다. 그리고 문 가까이에 와 있던 필치를 지나쳤다. 필치의 흐릿하고 커다란 눈이 해리의 뒤쪽을 곧장 바라보았다. 해리는 필치가 뻗은 팔 아래로 살짝 빠져나가 복도를 살금살금 걸어갔다. 책의 비명 소리가 여전히 귓가에 울리고 있었다.

해리는 키 큰 갑옷 앞에서 우뚝 멈춰 섰다. 도서관에서

도망치기 급급해 어디로 가고 있는지는 신경 쓰지 못했다. 해리는 지금 어디에 와 있는지 전혀 가늠할 수 없었다. 아마 어두웠기 때문일 것이다. 주방 근처에 갑옷이 있다는 건 알았지만, 그는 분명 주방에서 다섯 층은 더 올라와 있었다.

"누가 밤에 학교를 돌아다니면 곧장 보고하라고 하셨죠, 교수님. 누군가가 도서관에 있었습니다. ……제한구역에요."

해리의 얼굴에서 핏기가 싹 가셨다. 여기가 어딘지는 몰라도 필치는 지름길을 알고 있는 게 틀림없었다. 그의 나긋나긋하고 알랑거리는 목소리가 점점 가까이 다가왔다. 끔찍하게도, 그 말에 대꾸한 사람은 스네이프였다.

"제한구역? 뭐, 멀리 가지는 못했겠군. 잡을 수 있을 거요."

필치와 스네이프가 앞의 모퉁이를 돌아 나왔을 때 해리는 그 자리에 붙박인 듯 서 있있다. 그들은 물론 해리를 볼 수 없었지만, 복도가 좁은 탓에 더 가까이 온다면 그대로 해리와 부딪칠 수밖에 없었다. 투명 망토를 두른다고 몸 자체가 사라지는 건 아니었으니까.

해리는 되도록 조용히 뒷걸음쳤다. 왼쪽에 웬 문이 조금 열려 있었다. 그것이 해리의 유일한 희망이었다. 문을 건드리지 않으려고 숨을 참으며 몸을 집어넣은 덕분에 해리는 스네이프와 필치에게 들키지 않고 안으로 들어갈 수 있었다. 필치와 스네이프가 곧장 지나쳐 가자 해리는 두 사람의 발소리가 멀어지는 것을 들으며 벽에 기댄 채 심호흡을 했다. 하마터면 들킬 뻔했다. 정말 위험했다. 몇 초가 지나서야 해리는 자기가 숨은 곳을 살펴볼 수 있었다.

그곳은 사용하지 않는 교실 같았다. 어두운 형체로만 보이는 책상과 의자가 벽에 쌓여 있고, 뒤집어진 폐지함도 하나 있었다. 맞은편 벽에는 처음부터 그곳에 있지는 않았던 것처럼 보이는 뭔가가 기대어 있었다. 걸리적거리지 않게 누가 여기다 치워 놓은 듯했다.

그것은 천장만큼 높은, 굉장히 아름다운 거울이었다. 정교하게 장식된 황금 테두리가 둘러져 있고, 갈고리 모양 다리가 두 개 달려 있었다. 거울 윗부분에는 글귀가 새겨져 있었다. '다준여보 을것 는하망소 이음마 의대그 닌아 이굴얼 의대그.'

필치와 스네이프의 소리가 더 이상 들려오지 않자 해리는 마음이 진정되는 것을 느끼며 거울 가까이 다가갔다. 자신의 모습을 보고 싶었지만 거울에는 아무것도 비치지 않았다. 해리는 거울 앞으로 다가섰다.

그는 비명을 지르지 않기 위해 두 손으로 입을 막아야 했다. 휙 돌아보았다. 심장이 비명 지르는 책을 펼쳤을 때보다 더 세차게 뛰었다. 거울 속에 그 자신의 모습뿐만 아니라 뒤에 서 있는 수많은 사람이 보였던 것이다.

하지만 방은 텅 비어 있었다. 해리는 숨을 빠르게 몰아쉬며 다시 천천히 거울을 돌아보았다.

거울에 비친 해리는 하얗게 겁에 질린 얼굴이었고, 적어도 열 명은 되는 사람들이 그의 뒤에 있었다. 해리는 어깨 너머를 돌아보았다. 하지만 여전히 아무도 없었다. 아니면 저 사람들도 모두 투명해진 걸까? 그는 지금 투명한 사람들로 가득한 방에 와 있고, 이 거울이 투명하든 아니든 모든 사람을 비추는 재주를 부린 걸까?

해리는 다시 거울을 들여다보았다. 거울 속 해리 바로 뒤에 서 있는 여자가 미소 지으며 손을 흔들고 있었다. 해리는 손을 뻗어 등 뒤의 허공을 디듬이 보았다. 여자가 정말로 거기 있다면, 거울에 비친 사람들은 무척 가까운 곳에 있었으므로 손이 닿아야 했다. 하지만 그저 공기만 느껴졌다. 여자와 다른 사람들은 오직 거울 안에만 존재했다.

그녀는 매우 예뻤다. 짙은 빨간색 머리카락에 두 눈

은…… 내 눈이랑 똑같잖아? 해리는 그렇게 생각하며 거울 쪽으로 좀 더 다가섰다. 밝은 초록색 눈동자에 눈 모양도 완전히 똑같았다. 그 순간, 해리는 여자가 울고 있다는 것을 눈치챘다. 미소 짓는 동시에 울고 있었다. 키가 크고 마른 체격의 검은 머리 남자가 그 옆에 서서 여자에게 팔을 두르고 있었다. 남자는 안경을 쓰고 있었고 머리카락은 매우 단정치 못했다. 해리처럼 뒷머리가 삐죽 튀어나와 있있다.

해리는 거울에 너무 가까이 다가간 탓에 거울 속 자신과 코가 맞닿을 지경이었다.

"엄마?" 해리가 속삭였다. "아빠?"

두 사람은 미소를 머금고 해리를 바라보기만 했다. 해리는 천천히 거울 속에 있는 다른 사람들의 얼굴을 보았다. 해리와 같은 초록색 눈, 해리의 코와 똑같이 생긴 코, 해리처럼 무릎이 울퉁불퉁할 것 같은 약간 나이 든 사람도 보였다. ……해리는 태어나서 처음으로 자신의 가족을 보고 있었다.

포터 가족이 미소 지으며 그에게 손을 흔들자 해리는 갈망하듯 그들을 빤히 바라보았다. 두 손은 마치 그 속으로 들어가 그들에게 가닿고 싶은 듯 거울에 납작하게 눌렀다. 마음속에서 기쁨과 끔찍한 슬픔이 뒤섞인 강렬한 통증이 느껴졌다.

얼마나 오래 서 있었는지 알 수 없었다. 거울 속 형상들은 사라지지 않았고, 해리는 멀찍이서 들려온 소음을 듣고 정신을 차릴 때까지 그것을 보고 또 보았다. 여기에 계속 있을 수는 없었다. 침실로 돌아가는 길을 찾아야 했다. 해리는 엄마의 얼굴에서 억지로 눈을 떼고는 속삭였다. "다시 올게요." 그러고는 서둘러 방을 빠져나갔다.

"날 깨웠어야지." 론이 뿌루퉁하니 말했다.

"오늘 밤에 가 보자. 난 다시 갈 거거든. 너한테 그 거울을 보여 주고 싶어."

"나도 너희 엄마 아빠 보고 싶다." 론이 기대에 차서 말했다.

"나도 너희 가족 다 보고 싶어. 위즐리 가족 전부 말이야. 나한테 네 다른 형들이나 가족들을 보여 줘."

"우리 가족이야 아무 때나 볼 수 있잖아." 론이 말했다. "이번 여름방학 때 우리 집에 놀러 오면 돼. 어쨌거나, 돌아가신 분들만 보여 주는 거울인지도 모르잖아. 그런데 플라멜에 대해서 알아내지 못한 건 아쉽다. 베이컨이든 뭐든 좀 먹지, 왜 아무것도 안 먹어?"

해리는 먹을 수가 없었다. 그는 부모님을 보았고, 오늘 밤에 또 한 번 보게 될 것이다. 플라멜에 대해서는 까맣게 잊었다. 그건 더 이상 중요한 문제가 아닌 것 같았다. 머리 세 개 달린 개가 뭘 지키고 있든 그게 무슨 상관이란 말인가? 스네이프가 그걸 훔치든 말든, 정말이지 뭐가 문제인가?

"너 괜찮아?" 론이 말했다. "좀 이상해 보여."

해리에게 가장 두려운 일은 거울이 있는 방을 다시 찾을 수 없을지도 모른다는 것이었다. 론과 함께 투명 망토를 뒤집어썼기에 다음 날에는 훨씬 느린 속도로 걸어야 했다. 그들은 도서관에서부터 해리가 갔던 길을 되짚어 보려고 애쓰며 한 시간 가까이 어두운 통로를 헤매고 다녔다.

"얼어 죽겠다." 론이 말했다. "그만 돌아가자."

"안 돼!" 해리가 숨죽여 소리쳤다. "확실해. 이 근처에 있어."

그들은 반대 방향으로 미끄러져 가는 키 큰 여자 마법사 유령과 한 차례 마주쳤을 뿐 그 밖에는 아무도 보지 못했다. 너무 추워서 발에 감각이 없어졌다고 론이 투덜거리기 시작할 때쯤 해리는 그 갑옷을 발견했다.

"여기다…… 바로 여기야…… 맞아!"

두 사람은 문을 열었다. 해리는 어깨에 둘렀던 투명 망토를 떨어뜨리고 거울로 달려갔다.

그곳에 그들이 있었다. 엄마와 아빠가 해리를 보고 환하게 웃었다.

"보여?" 해리가 속삭였다.

"아무것도 안 보이는데."

"봐! 저 사람들을 봐……. 저기 많이 있잖아……."

"너밖에 안 보여."

"제대로 한번 봐 봐, 얼른. 내가 있는 자리에 서서 봐."

해리는 옆으로 비켜섰다. 하지만 론이 거울 앞에 서자 해리의 가족들은 더 이상 보이지 않고, 페이즐리 무늬(깃털이 휘어진 듯한 모양의 무늬─옮긴이) 잠옷을 입고 있는 론만 거울에 비칠 뿐이었다.

그런데 론은 거울을 뚫어 버릴 것처럼 자기 모습을 바라보고 있었다.

"나 좀 봐!" 론이 말했다.

"너도 너희 가족이 널 둘러싸고 있는 게 보여?"

"아니, 난 혼자야. 근데 모습이 달라. 나이가 좀 더 들어 보이고…… 내가 남학생 회장이야!"

"뭐?"

"내가…… 내가 예전에 빌이 달았던 거랑 똑같은 배지를 달고 있어. 기숙사 우승컵이랑 퀴디치 우승컵도 들고 있고. 퀴디치 주장도 됐어!"

론은 그 멋진 장면에서 겨우 눈을 떼고 흥분해서 해리를 바라보았다.

"이 거울이 미래를 보여 주는 걸까?"

"그럴 리가 없잖아. 우리 가족은 전부 죽었는데. 나 한 번 더 보자."

"어젯밤에는 너 혼자서 실컷 봤잖아. 나 좀만 더 보자."

"넌 퀴디치 우승컵이나 들고 있다면서. 그게 뭐가 재미있냐? 난 우리 부모님을 보고 싶단 말이야."

"밀지 마……."

갑자기 복도에서 소리가 들려오는 바람에 두 사람은 싸움을 멈췄다. 그들은 자신들이 얼마나 큰 소리로 이야기하고 있었는지도 의식하지 못했다.

"빨리!"

론이 두 사람 위로 다시 투명 망토를 뒤집어씌운 순간 어둠 속에서 빛나는 노리스 부인의 눈이 문으로 다가왔다. 론과 해리는 가만히 서서 둘 다 같은 생각을 하고 있었다. 투명 망토가 고양이한테도 통할까? 길게만 느껴지는 시간이

지난 뒤 노리스 부인은 몸을 돌려 가 버렸다.

"불안한데. 필치를 부르러 갔는지도 몰라. 분명 우리 소리를 들었을 거야. 가자."

론은 해리를 방 밖으로 끌어냈다.

다음 날 아침까지도 눈은 녹지 않았다.

"체스 할래, 해리?" 론이 물었다.

"아니."

"해그리드한테 갈까?"

"아니…… 너나 갔다 와……."

"네가 지금 무슨 생각 하는지 알아, 해리. 그 거울 생각하는 거잖아. 오늘 밤에는 가지 마."

"왜?"

"잘 모르겠지만, 뭔가 안 좋은 느낌이 들어. 어쨌든 이미 아슬아슬한 일이 많았잖아. 필치에, 스네이프에, 노리스 부인까지 돌아다니고 있어. 널 보지 못한다지만 그래서 뭐? 걸어가다가 부딪히면 어떻게 해? 네가 부딪혀서 뭘 쓰러뜨리기라도 하면 어쩌냐고."

"헤르미온느처럼 말하네."

"진지하게 말하는 거야, 해리. 가지 마."

하지만 해리의 머릿속에는 오직 거울 앞으로 돌아가고 말겠다는 한 가지 생각밖에 없었다. 론도 막지 못할 것이다.

그렇게 돌아온 세 번째 밤에 해리는 전보다 빨리 길을 찾아냈다. 그는 이렇게 시끄러운 소리를 내는 것은 현명하지 못한 일이라는 걸 알면서도 빨리 걷고 있었다. 그러나 누구와도 마주치지 않았다.

거울 속에서는 여전히 엄마와 아빠가 해리를 보며 웃고 있었고, 할아버지 한 명이 기쁘게 고개를 끄덕이기도 했다. 해리는 거울 앞에 털썩 주저앉았다. 해리가 가족과 함께 여기 밤새도록 머물러 있지 못하게 하는 건 아무것도 없었다. 아무것도.

예외가 있다면……

"그래…… 다시 온 게로구나, 해리?"

해리는 온몸이 얼어붙는 것 같았다. 그는 황급히 뒤를 돌아보았다. 벽 쪽에 있는 책상에 걸터앉아 있는 사람은 다름 아닌 알버스 덤블도어였다. 거울 앞으로 가고 싶은 마음이 너무도 간절한 나머지 덤블도어의 존재를 알아채지 못하고 그 앞을 그대로 지나친 것이다.

"거, 거기 계시는 줄 몰랐어요, 교수님."

"이상한 일이지. 다른 사람 눈에 보이지 않게 되면 자기 코앞에 있는 것도 못 보게 되니 말이다." 덤블도어가 말했다. 해리는 덤블도어가 웃는 걸 보자 마음이 놓였다.

"그러니까" 하고, 덤블도어가 책상에서 미끄러지듯 내려와 해리 옆에 앉으며 입을 열었다. "너도 앞서 간 수많은 사람들처럼, 소망의 거울이 주는 기쁨을 발견한 모양이구나."

"그런 이름인 줄 몰랐어요."

"그래도 지금쯤은 이게 어떤 거울인지 눈치챘겠지?"

"이 거울은…… 그러니까…… 제 가족들을 보여 주고……."

"그리고 네 친구 론에게는 남학생 회장이 된 그 자신의 모습을 보여 줬지."

"그걸 어떻게……?"

"나는 망토를 쓰지 않아도 사람들 눈에 띄지 않을 수 있단다." 덤블도어가 부드럽게 말했다. "자, 이제 소망의 거울이 우리 모두에게 뭘 보여 주는지 알겠니?"

해리는 고개를 저었다.

"설명해 주마. 세상에서 가장 행복한 사람은 소망의 거울을 보통 거울처럼 쓸 수 있을 게다. 그 사람이 거울을 들여다보면 정확히 자기 모습 그대로가 보일 거라는 얘기지. 이

설명이 도움이 되겠니?"

해리는 생각해 보더니 천천히 입을 열었다. "이 거울은 우리가 바라는 걸 보여 주는 거네요……. 그게 뭐든지 간에 요……."

"그렇기도 하고, 아니기도 하지." 덤블도어가 조용히 말했다. "이 거울이 보여 주는 건 우리 마음속 가장 깊고도 간절한 욕망 그 이상도 이하도 아니란다. 가족을 전혀 몰랐던 너는 가족들이 네 주위에 서 있는 모습을 보지. 늘 형들에게 가려져 있던 로널드 위즐리는 어떤 형제보다도 뛰어난 모습으로 홀로 서 있는 자기 모습을 보고. 하지만 이 거울은 우리에게 지식이나 진실을 전해 주지 않는단다. 많은 사람이 이 앞에서 인생을 허비했어. 여기에 비치는 모습에 도취되거나 광기에 빠져서, 거울이 보여 주는 게 현실인지, 심지어 가능한 일인지조차 알지 못하는 채로 말이다. 이 거울은 내일 새집으로 옮길 거란다, 해리. 다시는 이 거울을 찾지 말아 다오. 어쩌다 이 거울과 다시 마주치게 된다면, 그때는 준비가 되어 있겠지만 말이다. 꿈에 사로잡혀 삶을 잊는 것은 아무 소용 없는 일이라는 것을 꼭 기억하거라. 자, 이제 그 훌륭한 망토를 다시 두르고 자러 가는 게 어떻겠니?"

해리는 자리에서 일어났다.

"저…… 덤블도어 교수님? 뭐 좀 여쭤봐도 될까요?"

"당연하지, 방금도 하나 물어보지 않았니." 덤블도어가 미소 지었다. "하지만 하나 더 물어봐도 괜찮다."

"교수님은 거울을 보면 뭐가 보이세요?"

"나? 나는 두꺼운 모직 양말을 들고 있는 내 모습이 보인단다."

해리는 덤블도어를 빤히 바라보았다.

"양말은 아무리 있어도 모자라니까 말이야." 덤블도어가 말했다. "크리스마스가 또 한 번 왔다 갔는데 양말은 한 켤레도 받지 못했단다. 사람들은 나한테 부득부득 책만 주려고 하거든."

해리가 침대에 다시 누웠을 때에야 덤블도어가 진실을 말한 게 아닐지도 모른다는 생각이 불현듯 떠올랐다. 하지만 다음 순간 해리는 베개에서 스캐버스를 밀어내면서, 그것이 꽤 개인적인 질문이었다고 생각했다.

13장

니콜라 플라멜

덤블도어가 다시는 소망의 거울을 찾지 말라고 설득한 덕분에 투명 망토는 남은 크리스마스 연휴 동안 잘 개어진 채 해리의 짐 가방 맨 밑바닥에 놓여 있었다. 해리는 거울에서 본 것을 금방 잊고 싶었지만 그럴 수 없었다. 그는 악몽을 꾸기 시작했다. 그는 누군가가 높은 목소리로 낄낄거리는 가운데 부모님이 녹색 섬광 속으로 사라져 가는 꿈을 꾸고 또 꾸었다.

"거봐, 덤블도어 말이 맞지. 그 거울 때문에 미칠 수도 있다니까." 해리가 꿈 이야기를 하자 론이 말했다.

학기 시작 하루 전에 돌아온 헤르미온느는 다른 시각에서 상황을 바라보았다. 그녀는 해리가 침대 밖으로 나와 사흘 밤을 연달아 학교를 헤매고 다닌 것에 대한 끔찍함과 ("필치한테 잡히기라도 했어 봐!") 해리가 니콜라 플라멜이 누군지 알아내지 못한 데서 오는 실망감 사이에서 어쩔 줄 몰라 했다.

세 사람은 도서관 책에서 플라멜을 찾을 수 있으리라는 희망을 포기하기 일보 직전이었다. 물론 해리는 그때까지도 어딘가에서 플라멜이라는 이름을 본 적이 있다고 굳게 믿고 있었다. 일단 학기가 시작되자, 그들은 쉬는 시간 10분 동안 책들을 후루룩 넘겨 보는 일과로 돌아왔다. 해리는 다른 두 사람보다 더 시간에 쫓겼다. 퀴디치 훈련이 다시 시작됐기 때문이다.

우드는 어느 때보다도 선수들을 심하게 굴리고 있었다. 눈이 그친 뒤 내리는 끝없는 비조차 우드의 사기를 꺾지 못했다. 위즐리 형제는 우드가 너무 광적이 되어 간다고 불평했지만 해리는 우드 편이었다. 후플푸프와 붙는 다음 시합에서 이기기만 하면 그리핀도르는 7년 만에 처음으로 기숙사 챔피언십에서 슬리데린을 앞설 수 있었다. 이기고 싶은 마음 외에 또 다른 이유도 있었다. 훈련으로 몸이 지치면 악몽을 덜 꾸었다.

그 뒤 유난히 축축하고 진흙 튀기는 훈련을 하던 중, 끊임없이 서로를 향해 급강하하며 빗자루에서 떨어지는 시늉을 하는 위즐리 형제 때문에 매우 화가 나 있던 우드가 선수들에게 나쁜 소식 하나를 전해 주었다.

"장난 좀 그만 칠 수 없냐!" 우드가 소리쳤다. "꼭 그런 짓을 하다가 시합에서 지는 거야! 이번에는 스네이프가 심판을 본다고. 그리핀도르의 점수를 깎을 핑계를 찾느라 눈이 벌게져 있을 텐데!"

그 말을 들은 조지 위즐리가 진짜로 빗자루에서 떨어졌다.

"스네이프가 심판을 본다고?" 조지가 입안의 진흙을 마구 튀기며 말했다. "대체 언제부터 퀴디치 심판을 봤다고? 우리가 슬리데린을 따라잡을지도 모르는 상황인데 공정하게 심판을 보지 않을 거 아냐."

나머지 선수들도 조지 옆에 내려서서 불평을 해 댔다.

"그게 내 잘못이냐?" 우드가 말했다. "우리로서는 정정당당하게 시합을 해서 스네이프가 꼬투리 잡을 구실 자체를 주지 않는 수밖에 없어."

모두 맞는 말이라고 해리는 생각했다. 그러나 퀴디치 경기를 할 때 스네이프가 근처에 없길 바라는 데는 또 다른 이유가 있었다.

다른 선수들은 훈련이 끝나자 평소처럼 뒤에 남아 수다를 떨었지만 해리는 곧장 그리핀도르 휴게실로 향했다. 론과 헤르미온느가 체스를 두고 있었다. 헤르미온느는 체스를 통해 처음으로 패배를 맛봤는데, 해리와 론은 그것이 그녀에게 매우 좋은 일이라고 생각했다.

"잠깐 말 걸지 말아 봐." 해리가 옆에 앉자 론이 말했다. "내가 지금 집중을……." 론이 해리의 얼굴을 보았다. "왜 그래? 표정이 엄청 안 좋네."

다른 사람들은 듣지 못하도록 목소리를 낮춘 채 해리는 두 친구에게 퀴디치 심판을 보겠다는 스네이프의 갑작스럽고도 불길한 욕망에 대해 이야기해 주었다.

"시합에 나가지 마." 해리의 말을 듣자마자 헤르미온느가 말했다.

"아프다고 그래." 론이 말했다.

"다리가 부러진 척해." 헤르미온느가 아이디어를 냈다.

"진짜로 다리를 부러뜨려 버려." 론이 말했다.

"그럴 수는 없어." 해리가 말했다. "후보 수색꾼이 없으니까. 내가 빠지면 그리핀도르는 아예 경기를 할 수가 없어."

바로 그때, 네빌이 휴게실 안으로 넘어져 들어왔다. 어떻게 초상화 구멍으로 들어왔는지가 의문이었다. 네빌의 양

다리가 서로 붙어 있었기 때문이다. 그들은 단번에 다리 묶기 저주 때문임을 알아차렸다. 분명 그리핀도르 탑까지 토끼뜀으로 올라왔을 것이다.

헤르미온느만 빼고 모두가 배꼽이 빠져라 웃어 댔다. 그녀는 벌떡 일어나 저주 해제 마법을 걸었다. 붙어 있던 다리가 탁 떨어지자 네빌은 부르르 떨면서 바닥에서 일어났다.

"무슨 일이야?" 헤르미온느가 네빌을 데려와 해리와 론 옆에 앉히며 물었다.

"말포이가 그랬어." 네빌이 떨리는 목소리로 말했다. "도서관 앞에서 만났거든. 그 저주를 연습해 볼 상대를 찾고 있었다면서……."

"맥고나걸 교수님한테 가!" 헤르미온느가 네빌을 부추겼다. "이르라고!"

네빌은 고개를 저었다.

"일이 더 커지는 건 싫어." 네빌이 중얼거렸다.

"맞서 싸워야지, 네빌!" 론이 말했다. "그놈이 사람들을 짓밟고 다니는데 더 쉽게 밟으라고 그 앞에 드러누울 필요는 없잖아?"

"내가 용감하지도 않고, 그래서 그리핀도르에 어울리지 않는다는 얘기라면 안 해도 돼. 그 얘긴 말포이가 이미 했으니까." 네빌이 목멘 소리로 말했다.

해리는 로브 주머니를 뒤적여 개구리 초콜릿을 꺼냈다. 헤르미온느가 크리스마스 선물로 준 상자에 마지막으로 하나 남아 있던 것이었다. 해리는 울음을 터뜨릴 것처럼 보이는 네빌에게 초콜릿을 건넸다.

"말포이 같은 녀석이 열두 명 있어도 너만 못해." 해리가 말했다. "기숙사 배정 모자가 너를 그리핀도르로 선택한 거 아니야? 근데 말포이는 지금 어디 있냐? 구린내 나는 슬리데린에 있잖아."

개구리 초콜릿의 포장을 뜯던 네빌의 입술이 움찔하더니 희미한 미소를 띠었다.

"고마워, 해리. ……이제 자러 가야겠어. 카드 가질래? 너 이거 모으잖아."

네빌이 멀어져 가는 사이 해리는 유명 마법사 카드를 보았다.

"또 덤블도어네." 해리가 말했다. "내가 처음 뽑았던 것도……."

해리는 숨을 헉 들이켰다. 카드 뒷면을 뚫어지게 보던 해리가 눈을 들어 론과 헤르미온느를 보았다.

"*찾았어!*" 해리는 목소리를 낮추고 말했다. "플라멜을 찾앉다고! 내가 말했잖아, 어디서 그 이름을 본 적 있다고. 호그와트로 오는 기차에서 본 거야. ……들어 봐. '덤블도어 교수는 1945년 어둠의 마법사 그린델왈드를 물리치고, 용의 피를 사용하는 열두 가지 방법을 발견했으며, 동료인 니콜라 플라멜과 연금술 연구를 함께한 것으로 특히 유명하다'!"

헤르미온느가 자리에서 벌떡 일어났다. 첫 숙제의 채점 결과를 돌려받은 이래로 헤르미온느가 지금처럼 신나 보인 건 처음이었다.

"여기 있어 봐!" 헤르미온느는 그렇게 말하더니 여학생 기숙사로 향하는 계단을 전력 질주해서 올라갔다. 해리와 론이 어리둥절한 시선을 교환할 틈도 없이 헤르미온느는 양팔로 엄청난 크기의 낡은 책을 안고 달려왔다.

"이 책을 찾아볼 생각을 못 했어!" 헤르미온느가 들뜬 어조로 속삭였다. "몇 주 전에 가볍게 읽어 보려고 도서관에서 빌렸거든."

"가볍게?" 론이 말했다. 헤르미온느는 뭘 좀 찾을 때까지 조용히 하라고 말하더니 혼자 뭔가를 중얼거리며 정신없이 책장을 넘기기 시작했다.

마침내 헤르미온느가 찾던 것을 발견했다.

"이럴 줄 알았어! 이럴 줄 알았다고!"

"이제 입을 열어도 되겠사옵니까?" 론이 툴툴거렸다. 헤르미온느는 못 들은 척했다.

"니콜라 플라멜은" 하고, 헤르미온느가 극적인 말투로 속삭였다. "마법사의 돌을 만든 유일한 인물로 알려져 있다."

이 말은 헤르미온느가 기대한 반응을 전혀 이끌어 내지 못했다.

"뭘 만들었다고?" 해리와 론이 말했다.

"아, *진짜*. 너흰 책을 아예 안 읽니? 자, 여기 읽어 봐. 거기."

헤르미온느가 두 사람 쪽으로 책을 밀자 해리와 론은 그것을 읽었다.

연금술이라는 고대 학문은 놀라운 힘을 가진 전설의 물질, 마법사의 돌을 만드는 것과 관련돼 있다. 이 돌은 어떠한 금속이든 순금으로 바꾼다. 또한 마시는 사람을 불사의 몸으로 만드는 생명의 영약을 만들어 낸다.

지난 몇 세기에 걸쳐 마법사의 돌에 관한 수많은 보고가 있었지만, 현존하는 유일한 돌은 유명한 연금술사이자 오페라 애호가인 니콜라 플라멜 씨가 가지고 있다. 작년에 665번째 생일을 맞이한 플라멜 씨는 데번에서 부인 페레넬(658세)과 함께 조용한 삶을 즐기고 있다.

"봤지?" 해리와 론이 읽기를 마치자 헤르미온느가 말했다. "그 개는 플라멜이 가지고 있던 마법사의 돌을 지키고 있는 게 틀림없어! 분명 플라멜이 자기 대신 안전하게 맡아 달라고 덤블도어 교수님한테 부탁했을 거야. 두 사람은 친구 사이니까. 플라멜은 누군가가 그 돌을 노린다는 걸 알았겠지. 그래서 마법사의 돌을 그린고츠 밖으로 옮기고 싶어 했던 거야!"

"금을 만들어 내고 영원히 죽지 않게 하는 돌이라니!" 해리가 말했다. "스네이프가 노리는 것도 이상할 게 없네! 누구라도 갖고 싶겠다."

"《마법학의 최근 발전상에 관한 연구》에서 플라멜을 찾을 수 없었던 것도 이상할 게 없고." 론이 말했다. "665세라면, 딱히 최근 사람이라고 할 수 없잖아?"

다음 날 아침, 어둠의 마법 방어법 시간에 늑대인간에게 물린 상처를 치료하는 다양한 방법을 받아 적으면서도 해리와 론은 여전히 마법사의 돌을 손에 넣으면 무엇을 할지

이야기하고 있었다. 론이 퀴디치 팀을 하나 사겠다고 말한 다음에야 해리는 다가오는 퀴디치 시합과 스네이프를 떠올렸다.

"시합에 나갈 거야." 해리가 론과 헤르미온느에게 말했다. "내가 안 나가면 슬리데린 애들은 다들 내가 겁을 먹고 스네이프를 피한다고 생각할걸. 걔들한테 증명해 보일 거야……. 우리가 이기면 걔들 얼굴에서 웃음기를 싹 거둘 수 있겠지."

"우리가 너를 경기장에서 싹 거둘 일만 안 생긴다면 말이지." 헤르미온느가 말했다.

그러나 론과 헤르미온느에게 말은 그렇게 했어도, 해리는 시합이 다가올수록 점점 더 긴장했다. 다른 선수들도 그다지 침착하지는 못했다. 지난 7년 동안 누구도 해내지 못한 일, 즉 기숙사 챔피언십에서 슬리데린을 앞선다는 생각만으로도 무척 신났지만, 그렇게 불공정한 심판이 있는데 과연 그럴 수 있을까?

상상인지는 모르겠지만, 해리는 어디를 가든 스네이프와 마주치는 것 같았다. 어떨 때는 스네이프가 그를 잡으려고 쫓아다니는 게 아닌가 하는 생각마저 들었다. 스네이프가 해리를 너무 괴롭히는 바람에 마법약 수업은 주간 고문 시간 비슷하게 되어 가고 있었다. 마법사의 돌에 대해 알아냈다는 것을 스네이프가 눈치챈 걸까? 그런 일은 있을 수 없다고 생각하면서도 해리는 가끔 스네이프가 사람의 마음을 읽을 수 있다는 끔찍한 느낌이 들기도 했다.

다음 날 오후, 해리는 론과 헤르미온느가 탈의실 앞에서 행운을 빌어 주면서도 그의 살아 있는 모습을 다시 볼 수 있을지 확신하지 못한다는 것을 눈치챘다. 딱히 위안이 된다고 할 수 없는 상황이었다. 퀴디치 로브를 입고 님부스 2000을 집어 드는 동안 우드가 격려 연설을 했지만 한 마디도 들리지 않았다.

한편 론과 헤르미온느는 관중석에서 네빌 옆에 자리를 잡았다. 네빌은 두 사람이 왜 그토록 침울하고 근심에 차 있는지, 어째서 경기장에 마법 지팡이를 들고 왔는지 이해하지 못했다. 해리는 론과 헤르미온느가 몰래 다리 묶기 저주를 연습하고 있었다는 걸 전혀 알지 못했다. 말포이가 네빌에게 그 저주를 쓴 것을 보고 얻은 아이디어였다. 스네이프가 해리를 해치려는 어떤 조짐이라도 보이면 저주를 걸 준비가 되어 있었다.

"자, 잊으면 안 돼. 주문은 로코모토르 모르티스야." 론이 마법 지팡이를 소매 속에 숨기자 헤르미온느가 중얼거렸다.

"나도 알아." 론이 쏘아붙였다. "잔소리 좀 그만해."

탈의실에서는 우드가 해리를 한쪽으로 불러냈다.

"부담을 주려는 건 아닌데, 포터, 지금이야말로 스니치를 빨리 잡아야 할 때야. 스네이프가 후플푸프한테 유리한 판정을 너무 많이 하기 전에 경기를 끝내야 해."

"학교 전체가 와 있어!" 프레드 위즐리가 문 밖을 내다보며 말했다. "심지어…… 세상에, 덤블도어까지 보러 왔어!"

해리의 심장이 격하게 뛰었다.

"덤블도어 교수님이?" 해리가 정말인지 확인하려고 문으로 달려가면서 말했다. 프레드의 말이 맞았다. 저 은빛 턱수염을 잘못 볼 리는 없었다.

해리는 안도감에 큰 소리로 웃을 뻔했다. 그는 안전했다. 덤블도어가 지켜보고 있는데 스네이프가 감히 해리를 해치려 들 리 없었다.

어쩌면 선수들이 경기장으로 행진해 들어올 때 스네이프가 그토록 화나 보였던 것도 그 때문일지 몰랐다. 론도 그 점을 눈치챘다.

"스네이프가 저렇게 심통 난 건 또 처음 보네." 론이 헤르미온느에게 말했다. "봐, 시작한다. 아얏!"

누군가가 론의 뒤통수를 쿡 찔렀다. 말포이였다.

"아, 미안, 위즐리. 거기 있는지 몰랐다."

말포이가 크래브와 고일을 보며 씩 웃었다.

"이번에는 포터가 빗자루에서 얼마나 버틸지 모르겠네? 누구 내기할 사람? 넌 어때, 위즐리?"

론은 대꾸하지 않았다. 조지 위즐리가 자기 쪽으로 블러 저를 날려 보냈다며 스네이프가 방금 후플푸프에 페널티 숏 기회를 줬기 때문이다. 헤르미온느는 무릎 위에서 집게 손가락과 가운뎃손가락을 포갠 채 눈을 가늘게 뜨고, 스니 치를 찾아 한 마리 매처럼 경기장을 빙빙 도는 해리를 뚫어 지게 바라보고 있었다.

"그리핀도르는 선수를 어떻게 뽑는지 알아?" 몇 분 뒤 말 포이가 큰 소리로 말했다. 스네이프가 아무 이유 없이 후플 푸프에게 또 한 번 페널티 숏 기회를 선사한 직후였다. "불 쌍한 순서대로 뽑는 거야. 봐, 일단 부모 없는 포터가 있지. 그리고 돈 한 푼 없는 위즐리 형제가 있잖아. 너도 저 팀에 들어가는 게 어때, 롱보텀? 너는 뇌가 없잖아."

네빌은 얼굴이 빨개졌지만 앉은 채로 몸을 돌려 말포이 를 마주 보았다.

"너 같은 녀석이 열두 명 있어도 나보다 못해, 말포이." 네빌이 더듬더듬 말했다.

말포이와 크래브와 고일이 자지러지게 웃었다. 여전히 경기에서 눈을 떼지 못하고 있던 론이 말했다. "잘했어, 네빌."

"롱보텀, 만약 사람의 뇌가 금으로 돼 있다면 너는 위즐리보다 더 가난할 거야. 이거 보통 일이 아니라고."

해리에 대한 걱정으로 론의 신경은 이미 극도로 날카로워져 있었다.

"경고하는데, 말포이. 한 마디라도 더 하면……."

"론!" 헤르미온느가 갑작스럽게 소리쳤다. "해리가……!"

"뭐? 어디?"

해리가 돌연 묘기에 가깝게 급강하하자 관중석에서 숨들이켜는 소리와 환호성이 터져 나왔다. 해리가 총알처럼 땅을 향해 전속력으로 날아가자 헤르미온느는 꼬고 있던 손가락을 입에 넣은 채 자리에서 일어났다.

"너 운 좋다, 위즐리. 포터가 땅에서 돈이라도 찾은 모양인데!" 말포이가 말했다.

론은 폭발하고 말았다. 말포이가 무슨 일이 벌어지는지 채 깨닫기도 전에 론이 그를 바닥에 넘어뜨리고 올라탔다. 네빌은 망설이다가, 론을 돕기 위해 의자 등받이를 타 넘어갔다.

"힘내, 해리!" 헤르미온느가 스네이프를 향해 곧장 내닫는 해리를 보려고 의자 위로 껑충 뛰어오르며 소리쳤다. 헤르미온느는 말포이와 론이 그녀의 자리 밑에서 뒹굴고 있는 것도, 네빌과 크래브, 고일이 주먹다짐을 하면서 옥신각신 소리를 지르고 있는 것도 알아차리지 못했다.

공중에서는 스네이프가 빗자루의 방향을 틀자마자 쏜살같이 날아와 그를 아슬아슬하게 비켜 가는 진홍색 무언가를 보았다. 다음 순간 해리는 빗자루를 당겨 하강을 멈추고 의기양양하게 팔을 들어 올렸다. 손에는 스니치가 쥐어 있었다.

관중석에서 함성이 터져 나왔다. 신기록이었다. 스니치가 이렇게 빨리 잡힌 건 처음이었다.

"론! 론! 어딨어? 경기 끝났어! 해리가 이겼어! 우리가 이겼다고! 그리핀도르가 1등이야!" 헤르미온느는 의자 위에서 춤을 추듯 폴짝폴짝 뛰다가 앞줄에 있는 파르바티 파틸을 와락 끌어안으며 소리를 질렀다.

해리는 지상 30센티미터 높이에 다다라 빗자루에서 뛰어내렸다. 믿을 수가 없었다. 그가 해냈다……. 경기는 끝났다. 5분도 채 걸리지 않았다. 그리핀도르 학생들이 경기장으로 쏟아져 들어왔다. 스네이프가 하얗게 질린 얼굴로 입을 꽉 다물고 근처에 내려서는 모습이 보였다. 다음 순간 해리는 누군가의 손이 어깨에 닿는 것을 느끼고 눈을 들었다. 미소를 머금은 덤블도어의 얼굴이 보였다.

"잘했다." 덤블도어가 해리에게만 들리는 나지막한 목소리로 말했다. "그 거울에 대한 생각을 다시 안 하는 걸 보니 참 좋다. 계속 바쁘게 지낸 모양이구나……. 훌륭하다……."

스네이프는 입맛이 쓴지 땅바닥에 침을 뱉었다.

해리는 얼마 후 홀로 탈의실을 나와 님부스 2000을 경기장 빗자루 보관소에 갖다 놓으러 갔다. 이보다 행복했던 적은 없었다. 이제는 정말로 자랑스러워할 만한 일을 해낸 것이다. 더 이상 누구도 해리더러 그저 이름만 유명할 뿐이라고 말할 수 없었다. 저녁 공기가 지금처럼 달콤하게 느껴진 적이 없었다. 해리는 지난 한 시간을 머릿속에 떠올리면서 축축한 잔디밭을 걸어갔다. 행복하고도 흐릿한 기억이었다. 그리핀도르 학생들이 달려와 해리를 어깨 위로 들어 올렸다. 론과 헤르미온느는 멀찍이 떨어진 곳에서 폴짝폴짝 뛰고 있었다. 론은 코피를 잔뜩 흘리면서도 환호했다.

해리는 빗자루 보관소에 도착했다. 그는 나무 문에 기대서서 석양에 창문들이 붉게 빛나는 호그와트 성을 올려다보았다. 그리핀도르가 1등을 달리고 있었다. 해리가 해냈다. 스네이프에게 본때를 보여 주었다…….

그러고 보니 스네이프는…….

망토에 달린 후드를 뒤집어쓴 형체 하나가 호그와트 성정문 계단을 잼싸게 내려왔다. 그 형체는 눈에 띄고 싶지 않은 듯 되도록 빠른 걸음으로 금지된 숲으로 향했다. 그모습을 지켜보던 해리의 머릿속에서 승리의 순간이 점점흐려졌다. 그는 발소리를 죽이고 살금살금 내딛는 그 걸음걸이를 알아보았다. 모두가 저녁 식사를 하는 와중에 스네이프는 몰래 금지된 숲으로 가고 있었다……. 무슨 일이지?

해리는 님부스 2000에 다시 훌쩍 올라탄 뒤 날아올랐다. 그는 성 너머로 조용히 미끄러지듯 날아가면서 스네이프가 금지된 숲으로 달려 들어가는 모습을 보았다. 해리는 그뒤를 쫓았다.

나무가 울창한 탓에 해리는 스네이프가 어디로 갔는지보지 못했다. 빙빙 돌면서 나무 맨 꼭대기 가지를 스칠 정도로 계속 고도를 낮추던 중에 어떤 목소리가 들렸다. 해리는 목소리가 들려오는 쪽으로 살며시 날아가 키 큰 너도밤 나무 위에 조용히 내려앉았다.

그는 나뭇가지 하나에 조심스럽게 기어올라 빗자루를 꽉 움켜쥔 채 나뭇잎 사이로 내다보려고 애썼다.

아래쪽 어둑한 공터에 스네이프가 서 있었다. 그런데 그는 혼자가 아니었다. 퀴럴도 있었다. 표정은 보이지 않았지만 퀴럴은 여느 때보다 심하게 말을 더듬고 있었다. 해리는 그들이 주고받는 말을 들으려고 안간힘을 썼다.

"……따, 따, 딴 데도 많은데 왜 하필 여기서 마, 만나자고 한 건지 모, 모르겠네요, 세베루스……."

"아, 나는 이 일은 우리끼리 얘기로 남겨 두는 게 좋을 거라 생각했지." 스네이프가 얼음장 같은 목소리로 말했다. "학생들은 마법사의 돌에 대해 몰라야 하니까 말이야."

해리는 몸을 앞으로 기울였다. 퀴럴이 뭔가를 중얼거리고 있었다. 스네이프가 그의 말을 끊었다.

"해그리드가 데려다 놓은 그 짐승을 지나가는 방법은 알아냈나?"

"하, 하, 하지만 세베루스, 나는……."

"나를 적으로 돌리고 싶지는 않을 텐데, 퀴럴." 스네이프가 퀴럴에게 한 발짝 다가서며 말했다.

"무, 무슨 말인지 자, 잘……."

"내 말이 무슨 뜻인지 잘 알잖나."

부엉이 한 마리가 큰 소리로 우는 바람에 해리는 하마터면 나무에서 떨어질 뻔했지만 제때 균형을 잡은 덕에 가까스로 스네이프의 말을 들을 수 있었다. "……자네의 그 귀여운 장난질도 그렇고. 아주 기대가 되는군."

"하, 하지만 내가 하, 한 게 아니……."

"그래, 좋아." 스네이프가 말을 잘랐다. "조만간 또 한 번 가볍게 수다나 떨지. 자네가 충분히 생각할 시간을 갖고 어디에 충성을 바쳐야 할지 결정한 다음에 말이야."

스네이프는 머리에 후드를 뒤집어쓰고 성큼성큼 공터를 벗어났다. 주위가 거의 어두워졌지만, 해리는 공포에 질려 꼼짝도 못 하고 서 있는 퀴럴의 모습을 볼 수 있었다.

"*해리, 어디 갔었어?*" 헤르미온느가 높은 목소리로 소리쳤다.

"우리가 이겼어! 네가 이겼어! 우리가 이겼다고!" 론이 해리의 등을 툭 치며 소리 질렀다. "게다가 나는 말포이의 눈을 밤탱이로 만들었고, 네빌은 혼자서 크래브와 고일에게 맞서려고 했어! 네빌은 아직도 기절한 상태지만 폼프리 선생님 말로는 괜찮을 거래. 슬리데린 놈들한테 본때를 보여 준 거지! 다들 휴게실에서 널 기다리고 있어. 프레드랑 조지가 주방에서 케이크랑 먹을 것들을 좀 훔쳐 와서 파티를 하던 중이었거든."

"지금 그게 문제가 아니야." 해리가 숨을 가쁘게 내쉬며 말했다. "빈 교실을 찾아보자. 꼭 들려줄 얘기가 있어……."

해리는 안에 피브스가 없는 걸 확인한 다음 문을 닫고, 자신이 보고 들은 것을 이야기해 주었다.

"그러니까 우리 생각이 맞았어. 그건 정말 마법사의 돌이고, 스네이프는 그 돌을 차지하게 도와 달라고 퀴럴을 압박하고 있는 거야. 스네이프가 퀴럴한테 복슬이를 지나가는 방법을 알아냈냐고 묻더라니까. 그리고 퀴럴의 '장난질'에 대해서도 뭐라고 말했어. 내 생각엔 복슬이 말고도 그 돌을 지키는 것들이 더 있는 것 같아. 아마 엄청나게 많은 마법이 걸려 있겠지. 퀴럴은 어둠의 마법을 막을 수 있는 뭔가를 해 놓았을 거야. 스네이프가 깨뜨려야 하는……."

"그러니까 네 말은, 퀴럴이 스네이프한테 맞서는 한 마법사의 돌은 안전하다는 거야?" 헤르미온느가 깜짝 놀라서 물었다.

"다음 주 화요일쯤이면 사라지겠는데." 론이 말했다.

14장
노르웨이 리지백 노버트

그러나 퀴럴은 그들이 생각했던 것보다 용감한 게 틀림 없었다. 몇 주가 지나는 동안 퀴럴은 점점 더 창백해지고 야위는 것 같았지만 아직 무너진 것처럼 보이지는 않았다.

4층 복도를 지날 때마다 해리, 론, 헤르미온느는 문에 귀를 바짝 대고 복슬이가 여전히 안에서 으르렁대고 있는지 확인해 보았다. 스네이프는 평소처럼 성질을 부리고 다녔는데, 그것은 분명 마법사의 돌이 아직 안전하다는 뜻이었다. 요즘 해리는 퀴럴을 지나칠 적마다 응원에 가까운 미소를 보냈고, 론은 퀴럴의 말더듬는 버릇을 놀리는 사람들을 나무라기 시작했다.

반면 헤르미온느에게는 마법사의 돌 말고도 신경 쓸 것

이 많았다. 그녀는 시험공부 시간표를 그린 다음 색깔을 칠해 가며 모든 필기 노트를 정리하기 시작했다. 해리와 론은 평소와 마찬가지로 신경 쓰지도 않았지만 헤르미온느는 두 사람에게 자기처럼 하라고 계속 잔소리를 했다.

"헤르미온느, 시험은 아직 멀었어."

"10주 뒤거든." 헤르미온느가 쏘아붙였다. "그렇게 먼 일도 아니야. 니콜라 플라멜한테 10주는 1초나 다름없을걸."

"하지만 우린 600살이 아니잖냐." 론이 헤르미온느에게 상기시켜 주었다. "그건 그렇고, 넌 대체 왜 시험공부를 하는 거야? 이미 다 아는 내용이잖아."

"시험공부를 왜 하느냐고? 너 미쳤니? 이번 시험을 통과해야 2학년에 올라갈 수 있다는 거 알아? 아주 중요한 시험이라고. 지난달부터 준비했어야 했는데, 내가 어떻게 됐나 봐……."

안타깝게도 교수들은 헤르미온느와 같은 생각을 하는 것처럼 보였다. 교수늘이 숙제를 하도 많이 내준 탓에 부활절 연휴는 크리스마스 연휴와는 비교도 할 수 없을 만큼 재미가 없었다. 용의 피를 사용하는 열두 가지 방법을 소리 내어 외거나 지팡이 휘두르는 동작을 연습하는 헤르미온느 옆에서 휴식을 취하는 건 어려운 일이었다. 해리와 론은 투덜거리고 하품을 하면서도 그 모든 보충 과제를 끝내려고 애쓰며 자유 시간 대부분을 헤르미온느와 함께 도서관에서 보냈다.

"이건 절대로 못 외울 거야." 어느 날 오후 론은 마침내 폭발하고 말았다. 그는 깃펜을 집어 던지고 갈망하듯 도서관 창밖을 내다보았다. 정말이지 몇 달 만에 처음으로 맞는 화창한 날이었다. 구름 한 점 없는 하늘은 물망초처럼 파랬고 공기 중에는 여름이 다가오는 기운이 스며 있었다.

《1,000가지 마법 약초와 버섯》에서 '꽃박하'를 찾던 해리는 론이 "해그리드! 도서관에서 뭐 하세요?"라고 말하는 소리를 듣고서야 고개를 들었다.

해그리드가 등 뒤에 뭔가를 숨긴 채 슬금슬금 시야에 들어왔다. 두더지 가죽 코트를 입고 있는 모습이 도서관과는 영 어울리지 않았다.

"그냥 들러 본 거야." 해그리드가 말했다. 뭔가 켕기는 목소리가 곧바로 세 사람의 관심을 끌었다. "근데 너희는 여기서 뭐 하는 거냐?" 해그리드가 갑자기 의심 어린 표정을 지었다. "아직도 니콜라 플라멜을 찾고 있는 건 아니겠지?"

"아, 니콜라 플라멜이 누군지는 옛날에 알아냈죠." 론이 의기양양하게 말했다. "*게다가* 그 개가 지키고 있는 게 뭔지도 알아냈고요. 마법사의…….

"*쉬잇!*" 해그리드는 혹시 듣는 사람이 있는지 재빨리 주위를 둘러보았다. "그렇게 큰 소리로 말하면 안 돼. 도대체 왜 이러냐?"

"실은 아저씨한테 여쭤보고 싶은 게 몇 가지 있어요." 해리가 말했다. "복슬이 말고 그 돌을 지키고 있는 게 또 뭐…….'

"**쉬이잇!**" 해그리드가 다시 말했다. "잘 들어. 이따가 날 만나러 와라. 뭔가 말해 주겠다는 약속은 못 한다. 아무튼, 여기서 그런 얘기를 마구 떠들어선 안 돼. 학생들은 몰라야 한단 말이다. 누가 들으면 내가 너희한테 말해 준 줄…….'

"그럼 이따가 봐요." 해리가 말했다.

해그리드는 터덜터덜 돌아갔다.

"등 뒤에 숨기고 있던 게 뭐지?" 헤르미온느가 생각에 잠겨서 말했다.

"그 돌하고 관련된 물건인 것 같아?"

"해그리드가 어떤 책을 보고 있었는지 보고 올게." 공부라면 할 만큼 했다 싶었는지 론이 말했다. 잠시 후 론이 양팔 가득 책을 안고 와서 책상 위에 쾅 내려놓았다.

"*용이야!*" 론이 속삭거렸다. "해그리드는 용에 관한 것들을 찾아보고 있었어. 이것 좀 봐.《영국과 아일랜드의 용》, 《알에서부터 불지옥까지: 용 사육을 위한 안내서》."

"해그리드는 아주 오래전부터 용을 갖고 싶어 했어. 나랑 처음 만났을 때도 그렇게 말하던걸." 해리가 말했다.

"하지만 그건 불법이야." 론이 말했다. "모두가 아는 얘기지만 용 사육은 1709년에 열린 고위 마법사 총회에서 금지됐어. 뒤뜰에 용을 키우면서 머글들한테 들키지 않기는 어려우니까. 게다가 용을 길들이는 건 불가능해. 위험하기도 하고. 너희도 찰리가 루마니아에서 야생 용에게 입은 화상을 봤어야 하는데."

"그래도 영국에는 야생 용이 없지 않아?" 해리가 물었다.

"당연히 있지." 론이 말했다. "웨일스 그린이랑 헤브리디스 블랙. 마법 정부 사람들이 용을 숨기느라 애를 먹고 있는 건 확실해. 머글들이 용을 발견할 때마다 우리 쪽 사람들이 주문을 걸어서 그 기억을 지워야 하거든."

"그럼 해그리드는 도대체 무슨 생각인 거야?" 헤르미온느가 말했다.

한 시간 뒤 세 사람은 숲지기의 오두막 문을 두드리면서 커튼이 모두 닫혀 있는 것을 보고 깜짝 놀랐다. 해그리드는

"누구세요?"라고 외치더니 그들이 안으로 들어오자마자 황급히 문을 닫았다.

오두막 안은 숨 막힐 정도로 더웠다. 날이 이렇게 따뜻한데 벽난로에서는 불길이 활활 타오르고 있었다. 해그리드가 차를 타 주고 담비 고기 샌드위치를 권했지만 그들은 거절했다.

"그래…… 나한테 물어볼 게 있다고?"

"네." 해리가 말했다. 말을 빙빙 돌릴 까닭이 없었다. "복슬이 말고 또 뭐가 마법사의 돌을 지키고 있는지 말해 주실 수 있을까 해서요."

해그리드가 해리를 보며 얼굴을 찌푸렸다.

"당연히 말해 줄 수 없지." 해그리드가 말했다. "첫째, 나도 모르니까. 둘째, 너희는 지금도 너무 많은 것을 알고 있어. 그러니 알고 있다고 해도 말해 주지 않을 거다. 그 돌이 여기에 있는 데는 그럴 만한 이유가 있어. 하마터면 그린고츠에서 도둑맞을 뻔했잖냐. ……그건 이미 다 알아냈겠지? 도대체 복슬이에 대해서는 어떻게 알았는지 모르겠구나."

"아, 그러지 말고요, 해그리드. 우리한테 말해 주고 싶진 않으실지 몰라도, 알기는 *하시잖아요*. 아저씬 여기에서 벌어지는 모든 일을 아시니까요." 헤르미온느가 다정하게 구

116

슬리듯 말했다. 해그리드의 턱수염이 씰룩거렸다. 그들은 해그리드가 웃고 있다는 것을 알았다. "우리는 그저 누가 돌을 지키고 있는지가 궁금할 뿐이에요." 헤르미온느가 말을 이었다. "덤블도어 교수님이 도움을 청할 만큼 신뢰하는 사람이 아저씨 말고 또 누가 있는지 궁금하니까 그러죠."

헤르미온느의 마지막 말에 해그리드의 가슴이 부풀어 올랐다. 해리와 론은 헤르미온느에게 씩 웃어 보였다.

"뭐, 그 정도야 말해 줘도 큰 문제 없겠지. 어디 보자…… 나한테서는 복슬이를 빌려 가셨고…… 교수님 몇 분이 마법을 걸었어. 스프라우트 교수님, 플리트윅 교수님, 맥고나걸 교수님……." 해그리드는 손가락을 꼽아 가며 수를 헤아렸다. "퀴럴 교수님…… 그리고 당연히 덤블도어 교수님도 직접 뭔가를 하셨지. 잠깐, 한 명 빼먹었는데. 아 맞다, 스네이프 교수님도 있었지."

"스네이프요?"

"그래. ……아직도 그 생각 하고 있는 건 아니겠지? 자, 봐라. 스네이프 교수님은 그 돌을 훔치는 게 아니라 *지키는* 걸 도왔어."

해리는 론과 헤르미온느도 자기와 똑같은 생각을 하고 있다는 것을 눈치챘다. 스네이프가 돌을 지키는 작업에 참

여했다면 다른 교수들이 그 돌에 어떤 보호 마법을 걸었는지도 쉽게 알아낼 게 틀림없었다. 아마 다 알았을 것이다. 퀴럴의 주문과 복슬이를 지나가는 방법만 빼고.

"복슬이를 지나가는 방법을 아는 사람은 아저씨뿐이죠, 해그리드?" 해리가 불안한 듯 물었다. "그리고 아무한테도 얘기 안 하실 거죠? 교수님들한테도요."

"나랑 덤블도어 교수님을 빼면 이 세상에 그 비밀을 아는 사람은 한 명도 없어." 해그리드가 자랑스럽게 말했다.

"뭐, 그럼 됐네." 해리가 다른 친구들을 보며 중얼거렸다. "해그리드, 창문 좀 열면 안 돼요? 쪄 죽겠어요."

"안 돼, 해리. 미안하다." 해그리드가 말했다. 그가 벽난로를 힐끔거리는 모습이 해리의 눈에 띄었다. 해리도 그쪽을 바라보았다.

"해그리드…… 뭐예요, *저게?*"

그러나 해리는 이미 그것의 정체를 알고 있었다. 불길 한가운데, 주전자 아래에 거대한 검은색 알이 놓여 있었다.

"아." 해그리드가 초조하게 턱수염을 만지작거리며 말했다. "저건…… 어…….."

"저거 어디서 났어요, 해그리드?" 론이 알을 좀 더 가까이에서 들여다보려고 불 위로 몸을 숙이며 말했다. "엄청

비쌀 텐데."

"내기에서 얻었어." 해그리드가 말했다. "어젯밤에. 술 한잔하러 마을에 내려갔다가 처음 보는 사람하고 카드 게 임을 했거든. 솔직히 그 사람은 저걸 처분하게 돼서 정말 기뻐하는 것 같았지만."

"하지만 부화한 다음에는 어쩌시려고요?" 헤르미온느가 물었다.

"뭐, 책을 좀 읽어 봤지." 해그리드가 베개 밑에서 두꺼운 책을 한 권 꺼내며 말했다. "도서관에서 빌려 왔어.《즐거 움도 주고 돈벌이도 되는 용 기르기》라는 책이야. 물론 좀 오래된 책이긴 해도 필요한 내용은 다 들어 있어. 어미 용 은 알에 끊임없이 숨결을 뿜어 주므로 알은 불 속에 두어야 한다. 부화하면 30분마다 닭 피를 섞은 브랜디를 한 양동 이 먹여야 하고. 여길 봐……. 서로 다른 종의 알을 구분하 는 방법. 내가 얻은 건 노르웨이 리지백이야. 희귀종이지."

해그리드는 매우 만족하는 것처럼 보였지만 헤르미온느 는 그렇지 않았다.

"해그리드, 여긴 *나무로 지은* 집이잖아요." 헤르미온느 가 말했다.

하지만 해그리드는 도통 들을 생각이 없는지 난롯불에

땔감을 더 집어넣으며 즐겁게 콧노래를 불렀다.

그리하여 이제 그들에게는 걱정거리가 하나 더 생겼다. 해그리드가 법을 어기고 오두막에 용을 숨기고 있다는 사실을 누군가 알면 어떻게 될까?

"평화로운 삶을 산다는 건 대체 어떤 걸까." 매일 저녁, 점점 늘어나는 보충 과제 속에서 허우적거리고 있을 때 론이 한숨을 쉬었다. 헤르미온느는 이제 해리와 론을 위한 시험공부 시간표도 만들기 시작했다. 그것 때문에 둘은 돌아버릴 지경이었다.

그러던 중 어느 아침 식사 시간, 헤드위그가 해리에게 해그리드가 보낸 편지를 배달해 주었다. 해그리드는 오직 두 단어만을 적어 놓았다. '부화 중.'

론은 약초학 수업을 빼먹고 곧바로 오두막으로 달려가고 싶어 했다. 헤르미온느는 들은 척도 하지 않았다.

"헤르미온느, 우리가 살면서 용이 부화하는 장면을 몇 번이나 보겠어?"

"수업이 있잖아. 혼도 날 거고. 하긴 그건 해그리드가 지금 하고 있는 일을 들켰을 때 겪을 일에 비하면 아무것도……."

"조용히 해!" 해리가 작게 소리쳤다.

말포이가 조금 떨어진 곳에 멈춰 서서 가만히 듣고 있었던 것이다. 어디까지 들었을까? 해리는 말포이의 표정이 마음에 들지 않았다.

론과 헤르미온느는 약초학 수업을 들으러 가는 내내 말다툼을 벌인 끝에 아침 쉬는 시간에 셋이서 해그리드의 오두막에 가기로 했다. 성에서 수업을 마치는 종소리가 들리자마자 세 사람은 모종삽을 던지고 황급히 교정을 가로질러 금지된 숲 쪽으로 갔다. 해그리드는 잔뜩 상기된 얼굴로 신이 나서 그들을 맞이했다.

"거의 다 나왔어." 해그리드가 그들을 오두막 안으로 들여보내 주었다.

알은 탁자 위에 놓여 있었다. 금이 여러 개 쫙 가 있었다. 알 속에서 뭔가가 움직였다. 딸칵딸칵하는 이상한 소리가 새어 나오고 있었다.

모두 탁자 가까이 의자를 끌어당기고 숨죽인 채 그 모습을 지켜보았다.

갑자기 뭔가 긁히는 소리가 나더니 알이 쪼개졌다. 알에서 나온 아기 용이 탁자 위에 털썩 주저앉았다. 딱히 귀엽다고는 할 수 없었다. 해리가 보기에는 꼭 구겨진 검은색 우산 같았다. 가시 돋친 날개는 깡마른 석탄 같은 몸에 비해 너무 컸고 긴 주둥이에는 넓은 콧구멍이 뚫려 있었으며, 뭉툭한 뿔에, 툭 튀어나온 눈은 오렌지색이었다.

용이 재채기를 했다. 주둥이에서 불꽃 두어 조각이 뿜어 나왔다.

"아름답지 않니?" 해그리드가 중얼거렸다. 그가 한 손을 뻗어 용의 머리를 가볍게 쓰다듬었다. 녀석이 날카로운 이빨을 드러내며 해그리드의 손가락을 덥석 물었다.

"착하기도 하지. 봐, 이 녀석이 엄마를 알아보네!" 해그리드가 말했다.

"해그리드." 헤르미온느가 입을 열었다. "노르웨이 리지백이 다 자랄 때까지 정확히 얼마나 걸려요?"

막 대답하려는 순간 해그리드의 얼굴에서 돌연 핏기가 사라졌다. 그는 자리에서 벌떡 일어나 창가로 달려갔다.

"왜 그래요?"

"누가 커튼 사이로 안을 들여다보고 있었어. 어린애였는데. 다시 학교로 뛰어가고 있어."

해리는 쏜살같이 문으로 달려가 밖을 내다보았다. 먼 거리였지만 잘못 봤을 리 없었다.

말포이가 용을 보고 말았다.

그다음 주 내내 말포이의 얼굴에 도사리고 있는 미소 때문에 해리, 론, 헤르미온느는 매우 초조했다. 그들은 자유 시간 대부분을 해그리드의 어두운 오두막에서 보내며 그를 설득하려고 애썼다.

"그냥 놔줘요." 해리가 힘주어 말했다. "풀어 주라고요."

"그럴 수는 없어." 해그리드가 말했다. "너무 어리잖아. 죽고 말 거야."

그들은 용을 바라보았다. 용은 겨우 1주일 사이에 길이가 세 배나 자랐다. 콧구멍에서는 끊임없이 연기가 흘러나왔다. 용을 돌보느라 바쁜 탓에 해그리드는 숲지기 일을 하지 못했다. 바닥은 빈 브랜디 병과 닭털 천지였다.

"녀석을 노버트라고 부르기로 했어." 해그리드가 촉촉한 눈으로 용을 바라보며 말했다. "이제는 정말로 나를 알아 봐. 봐라. 노버트! 노버트! 엄마 어딨니?"

"정신이 나갔나 봐." 론이 해리의 귀에 대고 중얼거렸다.

"해그리드." 해리가 큰 소리로 말했다. "보름만 있으면 노버트는 아저씨 집만큼 커질 거예요. 지금 당장 말포이가 덤블도어 교수님한테 일러바칠 수도 있어요."

해그리드는 입술을 깨물었다.

"나도…… 나도 저 녀석을 영원히 데리고 있을 수 없다는 걸 알아. 하지만 그냥 버릴 수는 없잖아. 그럴 순 없어."

해리가 갑자기 론을 돌아보았다.

"찰리." 해리가 말했다.

"너도 정신이 나가려나 보다." 론이 말했다. "난 론이야, 잊었어?"

"그게 아니라, 찰리 있잖아. 너희 형 찰리. 루마니아에 있는 형 말이야. 용을 연구한다면서. 찰리한테 노버트를 보내면 되잖아. 노버트를 돌봐주다가 야생으로 돌려보낼 수 있을 거야!"

"기발한데!" 론이 소리 높여 물었다. "그건 어때요, 해그리드?"

그리하여 결국 해그리드는 찰리에게 올빼미를 보내 의견을 물어보는 데 동의했다.

그다음 주는 아주 천천히 흘렀다. 수요일 밤, 헤르미온느와 해리는 모두가 잠자리에 들고 한참이 지나서까지 단둘이 휴게실에 남아 있었다. 벽시계가 막 자정을 알리는 종을 쳤을 때 초상화 구멍이 홱 열렸다. 해리의 투명 망토를 벗으며 난데없이 론이 나타났다. 론은 해그리드의 오두막에서 노버트에게 먹이 주는 일을 도와주고 왔는데, 노버트는 이제 죽은 쥐를 상자 단위로 먹어 치우고 있었다.

"물렸어!" 론이 피투성이가 된 손수건으로 싸맨 자신의 손을 보여 주며 말했다. "1주일 동안 깃펜도 못 잡을 거야. 정말이지 저 용은 내가 여태까지 만났던 짐승 중에서 제일 끔찍한 놈이야. 하지만 해그리드가 그놈을 다루는 걸 보면 다들 용이 아니라 무슨 복슬복슬하고 귀여운 토끼라도 되는 줄 알걸. 녀석이 날 무니까 내가 겁줘서 그런 거라고 나한테 뭐라 하더라니까. 내가 오두막을 나설 때는 자장가까지 불러 주고 있었어."

어두운 창문을 톡톡 두드리는 소리가 났다.

"헤드위그다!" 해리가 얼른 달려가 헤드위그를 들여보내 주면서 말했다. "찰리의 답장을 가지고 왔을 거야!"

세 사람은 편지를 읽으려고 머리를 맞댔다.

론에게.

잘 지내지? 편지 고맙다. 노르웨이 리지백이라면 기꺼이 받아 줄 수 있지만 여기까지 데려오는 게 쉽지 않을 거야. 다음 주에 나를 만나러 오기로 한 친구들이 있는데 그 친구들을 통해서 보내는 게 가장 좋은 방법일 것 같아. 문제는, 그 친구들이 불법으로 용을 데리고 있는 걸 들켜서는 안 된다는 거야.

토요일 자정에 리지백을 학교에서 가장 높은 탑에 데려다 놓을 수 있니? 거기서 내 친구들을 만나면 그들이 날 밝기 전에 용을 데려갈 수 있을 거야.

답장은 최대한 빨리 보내 다오.

사랑하는 형

찰리

셋은 서로를 바라보았다.

"투명 망토가 있잖아." 해리가 말했다. "그렇게 어렵지 않을 거야. 투명 망토가 크니까 우리 중 두 명하고 노버트는 덮을 수 있을 거야."

지난 한 주가 얼마나 끔찍했던지, 두 사람은 해리의 의견에 동의했다. 그들은 뭐든지 할 수 있었다. 노버트를, 그리고 말포이를 떼어 낼 수만 있다면.

문제가 하나 생겼다. 다음 날 아침, 용에게 물린 론의 손이 두 배로 부어 올랐다. 론은 폼프리 선생에게 가도 될지 어떨지 알 수가 없었다. 폼프리 선생이 용에 물린 상처를 알아볼까? 하지만 오후가 되자 더 이상 선택의 여지가 없었다. 노버트의 송곳니에 독이 있었는지 상처가 역겨운 초록색으로 변해 버린 것이다.

해리와 헤르미온느가 그날 수업을 마치자마자 병동으로 달려갔을 때 론은 아주 끔찍한 상태로 침대에 누워 있었다.

"손 때문만은 아니야." 론이 속삭이듯 말했다. "손이 떨어져 나갈 것 같긴 하지만. 말포이가 폼프리 선생님한테는 내 책을 빌리러 왔다고 하고 들어오더니 날 비웃었어. 그러면서 뭐가 날 물었는지 선생님한테 일러바치겠다고 계속 협박하더라니까. 나는 개한테 물렸다고 했거든. 선생님은 안 믿는 것 같지만. 퀴디치 시합 날 그 자식을 때리는 게 아니었어. 그래서 이러는 거야."

해리와 헤르미온느는 론을 진정시키려 애썼다.

"토요일 자정이면 다 끝날 거야." 헤르미온느가 말했지만 론을 진정시키는 효과는 전혀 없었다. 오히려 론은 몸을 벌떡 일으켜 앉아 땀을 흘리기 시작했다.

"토요일 자정!" 론이 잔뜩 쉰 목소리로 말했다. "안 돼, 안 돼……. 방금 생각났어. 말포이가 가져간 그 책에 찰리의 편지가 들어 있어. 우리가 노버트를 보내려 한다는 걸 그 자식이 알게 될 거야."

해리와 헤르미온느가 뭐라고 대꾸할 겨를도 없었다. 그 순간 폼프리 선생이 다가와 론이 자야 한다며 두 사람을 내

보냈던 것이다.

"이제 와서 계획을 바꾸기엔 너무 늦었어." 해리가 헤르미온느에게 말했다. "찰리에게 또 한 번 올빼미를 보낼 시간이 없어. 이번이 노버트를 떠나보낼 마지막 기회인지도 몰라. 그냥 위험을 감수해야 돼. 그리고 우리에겐 투명 망토가 있잖아. 말포이도 그건 몰라."

해리와 헤르미온느는 해그리드에게 이 이야기를 전해 주러 갔다가, 꼬리에 붕대를 감은 채 오두막 바깥에 앉아 있는 사냥개 팽을 보았다. 해그리드가 창문을 열고 두 사람에게 말했다.

"들여보내 줄 수 없어." 해그리드는 숨을 헐떡였다. "노버트가 지금 까다로운 시기에 접어들었거든. 그렇다고 내가 다루지 못한다는 건 아닌데."

찰리의 편지 이야기를 하자 해그리드의 두 눈에 눈물이 가득 고였다. 아니면, 노버트가 방금 해그리드의 다리를 물었기 때문일지도 모른다.

"으아악! 괜찮아, 신발만 물었어. 그냥 노는 거야. 어쨌거나 아직 아기니까."

그 아기가 꼬리로 벽을 후려치자 창문이 다 흔들렸다. 해

리와 헤르미온느는 지금 당장 토요일이 왔으면 좋겠다고
생각하면서 성으로 돌아갔다.

앞으로 해야 할 일이 그렇게 걱정되지만 않았다면 해리
와 헤르미온느도 해그리드에게 노버트와 작별 인사를 해
야 하는 순간이 찾아왔을 때 안쓰러운 마음이 들었을지 모
른다. 날이 꽤 어둡고 흐린 데다, 현관홀 벽에다가 테니스
를 치고 있던 피브스가 비켜 줄 때까지 기다려야 했기에
두 사람은 예정보다 조금 늦게 해그리드의 오두막에 도착
했다.

해그리드는 커다란 상자에 노버트를 넣어 여행 준비를
마쳤다.

"여행하면서 먹을 쥐랑 브랜디를 좀 넣어 뒀어." 해그리
드가 목멘 소리로 말했다. "외로워할지도 모르니까 곰인형
도 하나 넣었고."

상자 안에서 뭔가 찢어지는 소리가 들렸다. 해리가 듣기
에는 곰인형 머리가 뜯어지는 소리 같았다.

"잘 가라, 노버트!" 해그리드가 훌쩍거렸다. 그사이 해리
와 헤르미온느는 투명 망토로 상자를 덮고 자신들도 그 아
래 몸을 숨겼다. "엄마는 절대 널 잊지 않을 거야!"

해리와 헤르미온느는 그 상자를 어떻게 성까지 들고 왔는지 몰랐다. 노버트를 현관홀 대리석 계단 위로 끌어 올리고 어두운 복도를 지나는 동안 째깍째깍 자정이 다가왔다. 또 한 번 계단을 오르고, 또 오르고…… 해리가 알고 있는 지름길도 한 군데 지났지만 그렇다고 일이 많이 쉬워지지는 않았다.

"거의 다 왔어!" 가장 높은 탑 밑 복도에 도착하자 해리가 헐떡였다.

그때 갑자기 앞에서 뭔가가 움직이는 바람에 그들은 하마터면 노버트가 들어 있는 상자를 떨어뜨릴 뻔했다. 그들은 투명 망토를 써서 이미 보이지 않는다는 사실을 잊은 채 어둠 속에 몸을 움츠리고, 3미터쯤 떨어진 곳에서 옥신각신하는 두 사람의 어두운 윤곽을 뚫어지게 바라보았다. 등불 하나가 불쑥 튀어나왔다.

격자무늬 가운에 머리그물을 쓴 맥고나걸 교수가 말포이의 귀를 잡고 있었다.

"방과 후 징계다!" 맥고나걸 교수가 소리쳤다. "그리고 슬리데린은 20점 감점이야! 한밤중에 학교를 돌아다니니, 어떻게 감히……."

"그게 아니라니까요, 교수님. 해리 포터가 오고 있어요.

그 자식이 용을 데리고 있다고요!"

"무슨 말도 안 되는 소리야! 감히 그런 거짓말을 하다니! 어서 따라와라. 스네이프 교수와 네 얘기를 좀 해야겠구나, 말포이!"

그 뒤로는, 탑 꼭대기로 향하는 가파른 나선형 계단을 오르는 게 세상에서 가장 쉬운 일처럼 느껴졌다. 차가운 밤공기 속으로 나간 다음에야 해리와 헤르미온느는 투명 망토를 벗었다. 다시 제대로 숨을 쉴 수 있어 좋았다. 헤르미온느는 덩실거리듯 어깨를 들썩였다.

"말포이가 방과 후 징계를 받았어! 노래라도 부르고 싶네!"

"그러지 마." 해리가 충고했다.

그들은 말포이가 맞게 된 상황에 계속 키득거리며 기다렸다. 노버트는 상자 안에서 몸부림치고 있었다. 10분쯤 지나자 빗자루 네 개가 어둠 속에서 빠르게 날아왔다.

찰리의 친구들은 제법 쾌활한 사람들이었다. 그들은 해리와 헤르미온느에게 그들 사이에 노버트를 매달 수 있도록 급조한 가슴줄을 보여 주었다. 모두가 힘을 합쳐 노버트를 안전하게 묶고 나자 해리와 헤르미온느는 찰리의 친구들과 악수를 나누고 그들에게 진심으로 고맙다고 인사했다.

마침내 노버트는 멀어지고…… 멀어지다가…… 끝내 사라졌다.

노버트가 떠난 지금, 해리와 헤르미온느는 가벼워진 손만큼 가벼운 마음으로 나선형 계단을 미끄러지듯 내려왔다. 이제 용은 없고, 말포이는 방과 후 징계를 받게 되었다. 무엇이 이 즐거운 기분을 망칠 수 있을까?

그 물음에 대한 답이 계단 밑에서 기다리고 있었다. 복도로 들어선 순간, 어둠 속에서 돌연 필치의 얼굴이 나타났다.

"이런, 이런, 이런." 필치가 속삭였다. "이거 정말 큰일인데."

투명 망토를 탑 꼭대기에 놓고 온 것이다.

15장

금지된 숲

상황이 이보다 더 나빠질 수는 없었다.

필치는 2층에 있는 맥고나걸 교수의 연구실로 두 사람을 데려갔고, 그들은 서로 한 마디도 나누지 않은 채 앉아서 기다렸다. 헤르미온느는 덜덜 떨고 있었다. 해리의 머릿속에서 변명과 알리바이, 이번 일을 덮기 위한 엉성한 이야기가 꼬리를 물고 이어졌지만 갈수록 설득력이 떨어졌다. 이번에는 어떻게 빠져나가야 할지 알 수 없었다. 막다른 곳에 몰렸다. 어떻게 망토를 잊어버리는 멍청한 짓을 할 수 있을까? 수업 시간 외에는 접근이 금지된, 학교에서 가장 높은 천문탑에 올라간 것은 물론, 한밤중에 침대를 빠져나와 학교를 살금살금 돌아다니는 일 자체를 맥고나걸 교수가 용

납할 리 없었다. 여기에 노버트와 투명 망토 일까지 더하면 일찌감치 짐을 싸는 게 나을지도 몰랐다.

이보다 상황이 더 나빠질 순 없다고 생각했던가? 아니, 틀렸다. 연구실에 나타난 맥고나걸 교수는 네빌을 앞세우고 있었다.

"해리!" 네빌은 두 사람을 본 순간 목청껏 소리쳤다. "너희를 찾아서 경고해 주려고 했어. 말포이가 너희 둘을 잡겠다고 말하는 걸 들었거든. 너희가 용……."

해리는 네빌의 입을 닫게 하려고 격하게 고개를 젓다가 맥고나걸 교수의 눈에 띄고 말았다. 세 사람 앞에 우뚝 서 있는 맥고나걸 교수는 노버트보다 더 많은 불을 뿜을 것처럼 보였다.

"이런 짓을 하다니 믿기지가 않는다. 필치 씨 말로는 천문탑에 올라가 있었다고 하더구나. 지금은 새벽 1시야. *왜 그랬는지 설명해 보거라.*"

헤르미온느가 교수의 질문에 대답하지 못한 건 처음이었다. 헤르미온느는 동상처럼 굳어서 슬리퍼만 내려다보고 있었다.

"무슨 일이 있었는지 말 안 해도 알겠다." 맥고나걸 교수가 말했다. "천재가 아니라도 알겠지. 너희가 드레이코 말

포이에게 용이 있다는 둥 얼토당토않은 얘기를 늘어놨겠
지. 그 애를 침대 밖으로 끌어내서 혼나게 하려고 말이야.
말포이는 내가 이미 잡았다. 여기 롱보텀까지도 그 얘기를
믿었다는데, 너희는 그런 게 재미있나 보지?"

네빌이 너무도 충격을 받고 상처 입은 표정이었기 때문에
해리는 그와 눈을 마주치고 말없이 그건 사실이 아니라는 뜻
을 전하려고 애썼다. 가엾은, 실수투성이 네빌. 그들에게 경
고해 주려고 어둠 속에서 해리와 헤르미온느를 찾아다니는
게 그에게 얼마나 힘든 일이었을지 해리는 잘 알고 있었다.

"아주 넌더리가 난다." 맥고나걸 교수가 말했다. "하룻밤
사이 학생이 넷이나 침대를 빠져나오다니! 이런 일은 들어
본 적이 없어! 그레인저 양, 너는 좀 더 분별 있는 아이인
줄 알았다. 그리고 포터 군, 그리핀도르가 너한테 이보다
는 더 의미 있을 줄 알았어. 너희 셋 다 방과 후 징계를 받
게 될 거다. 그래, 너도, 롱보텀 군. *이유야 어쨌든* 한밤중
에 학교를 돌아다녀선 안 된다. 요즘같이 위험한 때에는 특
히 그렇고. ……그리핀도르는 50점 감점이다."

"*50점이라고요?*" 해리가 헉 숨을 들이켰다. 그렇게 되면
그리핀도르는 선두에서, 해리가 지난번 퀴디치 경기로 얻
어 낸 선두 자리에서 밀려나게 된다.

"각각 50점이다." 맥고나걸 교수가 길고 뾰족한 코끝으로 거센 숨을 내뿜으며 말했다.

"교수님, 제발요……."

"그러실 수는 없어요……."

"내가 뭘 할 수 있고 없는지는 네가 정하는 게 아니다, 포터. 셋 다 이제 침실로 돌아가거라. 그리핀도르 학생들이 오늘처럼 부끄러웠던 적이 없구나."

150점을 잃었다. 그러면 그리핀도르는 꼴찌가 된다. 하룻밤 사이에 그들은 그리핀도르가 기숙사 우승컵을 차지할 기회를 모두 망쳐 버렸다. 해리는 속이 뒤집힌 기분이었다. 도대체 이 일을 어떻게 만회할 수 있을까?

해리는 밤새 한숨도 자지 못했다. 네빌이 베개에 얼굴을 파묻고 훌쩍이는 소리가 들렸다. 몇 시간 동안 그렇게 우는 것 같았다. 위로할 말이 떠오르지 않았다. 해리와 마찬가지로 네빌 또한 아침이 밝는 것을 두려워하고 있는 게 분명했다. 그리핀도르의 다른 학생들이 세 사람이 무슨 짓을 했는지 알면 어떤 일이 벌어질까?

다음 날 기숙사 점수가 기록된 거대한 모래시계를 지나치던 그리핀도르 학생들은 처음에 뭔가 실수가 있는 거라고 생각했다. 어떻게 갑자기 어제보다 점수가 150점이나 줄어들 수 있을까? 그러다 이야기가 퍼져 나가기 시작했다. 해리 포터, 두 번의 퀴디치 시합에서 영웅이 된 그 유명한 해리 포터가 점수를 다 까먹었다는 것이다. 해리 포터와, 다른 멍청한 1학년 두 명이.

학교에서 가장 인기 있는 학생이자 동경의 대상이었던 해리는 갑자기 모두가 가장 싫어하는 아이가 되었다. 래번클로와 후플푸프 학생들조차 해리를 외면했다. 다들 슬리데린이 기숙사 우승컵을 타지 못하는 모습을 보게 되길 간절히 기다려 왔기 때문이다. 아이들은 해리가 가는 곳마다 손가락질을 하면서 굳이 목소리를 낮추지도 않고 욕을 했다. 반면 슬리데린 아이들은 해리가 지나가면 손뼉을 치고 휘파람을 불며 환호성을 질렀다. "고맙다, 포터. 신세 한번 제대로 졌네!"

해리 곁에 있는 사람은 론뿐이었다.

"몇 주만 지나면 잊어버릴 거야. 프레드랑 조지도 여기 온 뒤로 지금까지 점수를 엄청나게 까먹었어. 그래도 여전히 다들 좋아하잖아."

"그래도 단번에 150점을 까먹은 적은 없지 않아?" 해리가 비참한 듯 말했다.

"음…… 그건 그렇지." 론이 수긍했다.

이 손해를 메우기에는 조금 늦은 감이 있었지만, 해리는 이제부터 자기 일이 아니면 절대 끼어들지 않겠다고 속으로 맹세했다. 몰래 쏘다니며 염탐하는 짓은 그만하면 됐다. 해리는 너무도 부끄러운 나머지 우드에게 퀴디치 대표팀에서 나가겠다고 말했다.

"나간다고?" 우드가 쩌렁쩌렁하게 소리쳤다. "그러면 뭐가 나아지는데? 퀴디치에서도 못 이기면 어떻게 다시 점수를 따라는 거야?"

하지만 퀴디치조차 더 이상 즐겁지 않았다. 다른 선수들은 훈련 중에도 해리와 말하지 않으려 했고, 어쩔 수 없이 해리 얘기를 해야 할 때는 그를 '수색꾼'이라고 불렀다.

헤르미온느와 네빌도 괴롭기는 마찬가지였다. 해리만큼 유명하진 않았기에 그만큼 끔찍한 시간을 보내고 있지는 않았지만 아무도 두 사람에게 말을 걸지 않았다. 헤르미온느는 수업 시간에 고개를 숙인 채 조용히 공부만 하면서, 사람들의 관심을 끌 만한 일은 더 이상 하지 않았다.

해리는 시험이 머지않았다는 게 기쁠 지경이었다. 시험 공부를 하느라 자신의 비참한 상황을 머릿속에서 밀어낼 수 있었기 때문이다. 해리, 론, 헤르미온느는 오직 셋이서만 다니며 밤늦게까지 공부했다. 복잡한 마법약에 들어가는 재료들을 외우려 애쓰고, 수업 시간에 배운 마법들과 주문들을 익히고, 마법적 발견이나 고블린 반란이 있었던 날짜를 머릿속에 집어넣으면서……

그러다 시험이 시작되기 1주일 전, 자기와 상관없는 어떤 일에도 간섭하지 않겠다던 해리의 새로운 결심은 예상치 못한 난관에 부닥치게 되었다. 어느 날 오후 도서관에 갔다가 혼자 걸어오는데 앞쪽 교실에서 누군가가 훌쩍거리는 소리가 들렸다. 가까이서 들어 보니 퀴럴의 목소리였다.

"아뇨…… 아뇨…… 또 이러시면 안 됩니다, 제발……"

누군가가 퀴럴을 협박하는 것 같았다. 해리는 더 가까이 다가갔다.

"알겠습니다……. 알겠어요……." 퀴럴이 흐느끼는 소리가 들렸다.

다음 순간, 퀴럴은 터번을 바로잡으면서 다급히 교실을 나왔다. 얼굴빛이 창백했고 금방이라도 울음을 터뜨릴 것 같았다. 그는 해리의 시야에서 성큼성큼 벗어났다. 해리가 있다는 걸 알아차리지도 못한 것 같았다. 해리는 퀴럴의 발소리가 사라질 때까지 기다렸다가 교실을 들여다보았다. 교실은 비어 있었지만 반대쪽 문이 열려 있었다. 해리는 그문으로 다가가다가 남의 일에 끼어들지 않겠다던 자신과의 약속을 떠올렸다.

그래도 해리는 스네이프가 방금 그 방을 나갔다는 데 마법사의 돌 열두 개라도 걸 수 있었다. 조금 전 해리가 들은 대로라면 스네이프는 발에 스프링을 새로 단 것처럼 걷고 있을 것이다. 마침내 퀴럴이 항복한 듯했으므로.

해리는 도서관으로 돌아갔다. 헤르미온느가 론에게 천문학 시험 문제를 내고 있었다. 해리는 자기가 들은 것을 두 사람에게 이야기해 주었다.

"그럼 스네이프가 결국 해낸 거네!" 론이 말했다. "퀴럴이 자기가 걸어 둔 어둠의 마법 방어 주문을 깨뜨리는 방법을 알려 줬다면……."

"그래도 아직 복슬이가 있잖아." 헤르미온느가 말했다.

"해그리드한테 물어보지 않고도 복슬이를 지나가는 방법을 알아냈는지도 모르지." 론이 주위의 책 수천 권을 올려다보며 말했다. "틀림없이 여기 어딘가에 머리 세 개 달린 거대한 개를 지나가는 방법이 적힌 책이 있을 거야. 이제 어쩌지, 해리?"

론의 눈에서 모험의 불길이 다시 번쩍이고 있었지만, 해리가 뭐라고 대답하기도 전에 헤르미온느가 입을 열었다.

"덤블도어 교수님한테 가야지. 진작 그렇게 했어야 했어.

우리끼리 뭔가 하려고 들다간 퇴학당할 게 뻔해."

"하지만 *증거*가 없잖아!" 해리가 말했다. "퀴럴은 너무 겁을 먹어서 우리 얘기를 거들어 주지 못할 거야. 스네이프야 핼러윈에 트롤이 어떻게 들어왔는지도 모르고 4층 근처에는 간 적도 없다고 하면 그만인걸. 사람들이 스네이프랑 우리 중에서 누구 말을 믿을 것 같아? 우리가 스네이프를 싫어하는 건 딱히 비밀도 아니잖아. 덤블도어 교수님은 우리가 스네이프를 학교에서 쫓아내려고 이야기를 지어냈다고 생각하실 거야. 필치는 자기 목숨이 달린 일이래도 우릴 도와주지 않을걸? 또 스네이프랑 친한 데다가, 학생들이 더 많이 퇴학당할수록 좋다고 생각하잖아. 그리고 잊지 마, 우리는 그 돌이나 복슬이에 대해 몰라야 한다는 걸. 어쩌다 알게 됐는지 많은 설명이 필요할 거야."

헤르미온느는 납득한 것 같았지만 론은 그렇지 않았다.

"그냥 여기저기 좀 더 쑤시고 다녀 보면……."

"아냐." 해리가 단호하게 말했다. "쑤시고 다니는 건 이만하면 됐어."

해리는 목성 지도를 끌어당겨 위성들의 이름을 외우기 시작했다.

다음 날 아침, 식탁에 앉아 있던 해리와 헤르미온느, 네빌에게 쪽지가 전달되었다. 모두 같은 내용이었다.

오늘 밤 11시에 방과 후 징계가 진행될 예정입니다. 현관홀에서 필치 씨를 만나도록 하세요.

M. 맥고나걸 교수

해리는 자기가 까먹은 점수 탓에 사람들이 하도 화를 내는 바람에 방과 후 징계가 남아 있었다는 사실을 잊고 있었다. 그는 헤르미온느가 방과 후 징계 때문에 시험공부를 할 하룻밤을 통째로 날렸다고 불평할 줄 알았지만, 그녀는 한마디도 하지 않았다. 해리가 그렇듯 헤르미온느도 이를 받아 마땅한 벌이라고 생각했다.

그날 밤 11시, 해리와 헤르미온느는 휴게실에 있는 론에게 작별 인사를 하고 네빌과 함께 현관홀로 내려갔다. 필치는 이미 와 있었고…… 말포이도 그랬다. 그들은 말포이 또한 방과 후 징계를 받았다는 사실을 잊고 있었다.

"따라와라." 필치가 등불을 켜고 아이들을 건물 밖으로 데리고 나가면서 말했다. "너희도 이제 교칙을 어기기 전에 한 번 더 생각해 보게 되겠지. 안 그러냐?" 필치가 심술 궂은 눈으로 그들을 보며 말을 이었다. "암, 그래야지. 내 생각에 힘든 노동과 고통만큼 훌륭한 선생은 없거든. …… 옛날식 처벌을 더 이상 하지 않게 됐다는 게 참 아쉬워. 네 놈들의 손목을 천장에 묶어 며칠 매달아 놓는다든지 하는 것 말이다. 나는 아직도 사무실에 사슬을 보관해 두고 필요할 경우에 대비해서 기름칠을 하지. ……자, 출발해. 도망칠 생각은 말고. 그래 봤자 상황만 더 나빠질 테니까."

그들은 어두운 교정을 가로지르며 나아갔다. 네빌은 끊임없이 코를 훌쩍거렸다. 해리는 어떤 벌을 받게 될지 궁금했다. 뭔가 끔찍한 일일 게 틀림없었다. 그게 아니라면 필치가 저토록 기쁜 목소리로 말하지는 않았을 테니까.

달은 밝았지만, 구름이 달을 가리고 지나가서 그들은 자꾸만 어둠 속에 잠겼다. 저 앞에 불 켜진 해그리드의 오두막 창문이 보였다. 멀리서 고함 소리가 들렸다.

"자넨가, 필치? 서둘러. 어서 시작했으면 좋겠군."

해리는 마음이 가벼워지는 것을 느꼈다. 해그리드와 함께하는 일이라면 그렇게 나쁘진 않을 것이다. 그의 안도감이 얼굴에 드러났는지 필치가 말했다. "저 멍청한 놈하고 즐거운 시간이라도 보내게 될 거라 생각하나 보지? 글쎄,

다시 생각해 봐라, 꼬마야. 너희가 들어가는 곳은 금지된 숲이고, 내 생각에 너희 모두가 온전히 살아 돌아올 것 같지는 않거든."

이 말에 네빌은 작게 신음했고 말포이는 길을 걷다 말고 우뚝 멈춰 섰다.

"금지된 숲이라니?" 말포이가 되물었다. 평소의 싸늘한 말투가 전혀 아니었다. "밤에 저기에 들어갈 순 없어요……. 저 안에는 별게 다 있잖아요. 늑대인간도 있다던데."

네빌이 해리의 로브 소매를 꽉 잡고 목이 메는 듯한 소리를 냈다.

"그거야 네 사정 아니냐?" 필치가 신이 나서 갈라지는 목소리로 말했다. "늑대인간 걱정은 말썽 부리기 전에 했어야지."

해그리드가 팽을 데리고 어둠 속에서 성큼성큼 다가왔다. 그는 커다란 석궁을 들고 어깨에 화살통을 메고 있었다.

"시간 다 됐다." 해그리드가 말했다. "벌써 30분이나 기다렸어. 괜찮냐, 해리? 헤르미온느?"

"나는 저 애들한테 지나치게 잘해 줄 수 없었거든, 해그리드." 필치가 차갑게 말했다. "어쨌거나 저 녀석들은 벌을 받으려고 여기 온 거니까."

"그래서 늦었다 이건가?" 해그리드가 필치를 향해 얼굴을 찌푸리며 말했다. "훈계라도 했다는 거야? 자넨 그럴 입장이 아닐 텐데. 자네 일은 다 마쳤으니 여기서부터는 내가 맡도록 하지."

"새벽에 다시 오겠네." 필치가 말했다. "쟤들 시체는 거둬야지." 필치는 심술궂게 한마디 덧붙이더니 몸을 돌려 성으로 돌아갔다. 필치가 들고 있는 등불이 어둠 속에서 까딱까딱 멀어져 갔다.

말포이는 이제 해그리드를 돌아보았다.

"금지된 숲에는 안 들어갈 거예요." 말포이가 말했다. 두려운 기색이 역력한 말포이의 목소리를 듣자 해리는 기분이 좋았다.

"호그와트에 남고 싶으면 가야 할 거다." 해그리드가 사나운 어조로 말했다. "잘못을 했으면 이제 대가를 치러야지."

"하지만 이건 하인이나 하는 일이지 학생들이 할 일이 아니잖아요. 난 반성문이나 몇 줄 쓸 줄 알았는데. 내가 이런 짓을 하는 걸 아버지가 아시면……."

"호그와트는 원래 그런 식으로 돌아간다고 하실 거다." 해그리드가 으르렁거리듯 말했다. "반성문이나 몇 줄 쓴다니! 그게 도대체 누구한테 도움이 된다는 거냐? 너는 뭔가 쓸모 있는 일을 하거나, 아니면 쫓겨나게 될 거야. 네 아버지가 퇴학당하는 걸 더 좋아하실 것 같으면 성으로 돌아가서 짐이나 싸. 어서!"

말포이는 움직이지 않았다. 그는 극도로 화가 나서 해그리드를 바라봤지만 곧 눈길을 떨어뜨렸다.

"좋아, 그럼." 해그리드가 말했다. "자, 잘 들어라. 오늘 우리가 할 일은 위험한 일이야. 나는 이 중 누구도 위험해지길 바라지 않는다. 잠깐 이쪽으로 따라와라."

해그리드는 아이들을 숲 가장자리로 데려가더니 등불을 높이 들고 발밑의 좁고 구불구불한 흙길을 가리켰다. 길은 울창한 검은 나무들 사이로 모습을 감췄다. 숲속을 들여다보는 사이 가벼운 산들바람이 그들의 머리카락을 쓸어 올렸다.

"저길 봐라." 해그리드가 말했다. "저기 땅 위에 반짝이는 게 보이지? 은색, 저거 말이야. 저건 유니콘의 피야. 유니콘 한 마리가 무슨 일인지 심하게 다쳤어. 이번 주에만 두 번째야. 지난주 수요일에는 한 마리가 죽어 있는 걸 발견했지. 우리는 저 불쌍한 녀석을 찾아볼 거야. 녀석의 비참한 삶을 끝내 줘야 할지도 몰라."

"유니콘을 다치게 한 놈이 우리를 먼저 찾으면요?" 목소리에서 두려움을 떨치지 못한 채 말포이가 물었다.

"나나 팽이 같이 있으면 숲에 사는 것 중에서 너희를 해칠 존재는 없어." 해그리드가 말했다. "그리고 길에서 벗어나지 마라. 자, 이제 둘로 나뉘어서 각기 다른 방향으로 흔적을 쫓아갈 거야. 사방에 핏자국이 있는 걸 보니 적어도 어젯밤부터 여기저기 비틀거리며 돌아다니고 있는 게 틀림없어."

"내가 팽이랑 갈게요." 팽의 기다란 이빨을 보며 말포이가 재빨리 말했다.

"좋아. 하지만 경고하는데, 그 녀석 꽤 겁쟁이야." 해그리드가 말했다. "그럼 나랑 해리, 헤르미온느가 한쪽 길로 가고 드레이코와 네빌, 팽이 다른 길로 간다. 자, 우리 중 누구라도 유니콘을 발견하면 초록색 불꽃을 쏘아 올리는 거야. 알겠지? 지팡이를 꺼내서 한번 연습해 봐라. 그렇지. 누구라도 무슨 문제가 생기면 빨간 불꽃을 쏘아 올리고. 우리가 가서 찾아낼 테니까. 그럼 조심하고, 가자."

금지된 숲은 어둡고 고요했다. 좀 더 들어가자 흙길이 두 갈래로 갈라졌고, 해리와 헤르미온느와 해그리드는 왼쪽 길을, 말포이와 네빌과 팽은 오른쪽 길을 택했다.

모두 시선을 땅에 두고 조용히 걸었다. 이따금 나뭇가지 사이로 새어 들어온 달빛 한 줄기가 낙엽 위에 떨어진 은청색 핏방울을 비췄다.

해리가 보니 해그리드는 매우 걱정스러운 표정을 짓고 있었다.

"늑대인간이 유니콘을 죽일 수도 *있나요?*" 해리가 물었다.

"늑대인간은 그렇게 *빠르지* 않아." 해그리드가 말했다. "유니콘을 잡는 건 쉬운 일이 아니야. 강력한 마법 생명체니까. 나도 유니콘이 다치는 일이 생길 줄은 전혀 몰랐어."

그들은 이끼 덮인 나무둥치를 지나갔다. 물 흐르는 소리가 들려왔다. 어딘가 가까운 곳에 시내가 있는 모양이었다. 구불구불 이어지는 오솔길을 따라 유니콘의 핏자국이 계속 드문드문 보였다.

"괜찮냐, 헤르미온느?" 해그리드가 작은 소리로 말했다. "걱정 마라, 이렇게 심하게 다쳤으니 멀리 가진 못했을 거야. 그러면 우리가…… **저 나무 뒤에 숨어!**"

해그리드가 해리와 헤르미온느를 붙잡더니 어마어마한 높이의 오크나무 뒤로 들어다 놓았다. 해그리드는 활에 화살을 건 다음 석궁을 들어 올리고 발사할 준비를 했다. 셋은 귀를 기울였다. 근처에서 뭔가가 낙엽 위를 미끄러져 가고 있었다. 망토가 바닥에 끌리는 소리 같았다. 해그리드가 눈을 가늘게 뜨고 어두운 오솔길을 바라봤지만 잠시 뒤 그 소리는 희미하게 멀어져 갔다.

"이럴 줄 알았어." 해그리드가 중얼거렸다. "여기에 있어서는 안 되는 뭔가가 있는 거야."

"늑대인간요?" 해리가 물었다.

"늑대인간도 아니고 유니콘도 아니었어." 해그리드가 험악한 목소리로 말했다. "좋아, 날 따라와라. 하지만 이제부터 조심해야 돼."

그들은 아주 희미한 소리라도 들으려고 귀를 쫑긋 세운 채 더욱 천천히 걸었다. 돌연, 눈앞의 공터에서 분명 뭔가가 움직였다.

"누구냐?" 해그리드가 외쳤다. "숨지 말고 나와! 이쪽엔 무기가 있다!"

공터에 나타난 것은…… 인간? 아니, 말인가? 허리까지는 붉은 머리카락에 턱수염이 난 인간 남자였지만 허리 아래는 길고 불그스름한 꼬리가 달린, 윤기 나는 밤색을 띤 말의 몸이었다. 해리와 헤르미온느는 입을 떡 벌렸다.

"아, 자네였군, 로넌." 해그리드가 안도하며 말했다. "잘 지냈나?"

해그리드가 앞으로 걸어 나가 켄타우로스와 악수했다.

"잘 있었나, 해그리드." 로넌이 말했다. 깊고 슬픔에 찬 목소리였다. "나를 쏘려고 한 건가?"

"조심은 해야 하잖아, 로넌." 해그리드가 석궁을 가볍게 두드리며 말했다. "뭔가 사악한 것이 이 숲을 헤집고 다니고 있어. 그건 그렇고, 이쪽은 해리 포터와 헤르미온느 그레인저야. 저 위에 있는 학교에서 온 학생들이지. 그리고 이쪽은 로넌이다, 애들아. 로넌은 켄타우로스야."

"우리도 알아요." 헤르미온느가 소심하게 말했다.

"안녕." 로넌이 말했다. "학생들이라고? 저 위에 있는 학교에서 많은 것을 배우나?"

"음……."

"조금요." 헤르미온느가 머뭇거리며 말했다.

"조금이라. 글쎄, 그것도 대단한 일이지." 로넌이 한숨을 내쉬었다. 그는 머리를 뒤로 젖히더니 하늘을 빤히 올려다보았다. "오늘 밤에는 화성이 밝군."

"그러게." 해그리드도 위를 힐끗 보며 말했다. "저기, 로넌. 만나서 정말 반가워. 다친 유니콘이 한 마리 있어서 말이야…… 뭔가 본 거 있나?"

로넌은 바로 대답하지 않았다. 그는 눈 하나 깜짝하지 않고 머리 위를 뚫어지게 쳐다보더니 다시 한숨을 쉬었다.

"첫 번째 희생양은 항상 죄 없는 이들이지." 로넌이 말했다. "과거에도 그랬고, 지금도 마찬가지야."

"그러게." 해그리드가 말했다. "그런데 뭔가 본 건 없어, 로넌? 뭔가 평소와 다른 거 말이야."

"오늘 밤에는 화성이 밝군." 해그리드의 조바심하는 눈길을 받으며 로넌이 넌지시 되풀이했다. "유난히 밝아."

"그래, 근데 내 말은, 화성보다 좀 더 가까운 곳에서 일어난 특이한 일 말이야." 해그리드가 말했다. "그러니까 이상한 건 본 적이 없다는 거지?"

이번에도 로넌이 대답하기까지 한참이 걸렸다. 마침내 그가 말했다. "숲에는 많은 비밀이 숨겨져 있지."

로넌 뒤쪽의 나무들이 움직였다. 해그리드가 다시 활을 들었지만 이번에 나타난 것은 머리카락도 검고 몸도 검은, 로넌보다 사나워 보이는 또 다른 켄타우로스였다.

"어이, 베인." 해그리드가 말했다. "어떻게 지내?"

"안녕한가, 해그리드. 잘 지내지?"

"잘 지내고말고. 저기 말이야, 방금 로넌한테도 물어봤는데 최근 이곳에서 뭔가 이상한 걸 본 적 있나? 딴게 아니라 부상당한 유니콘이 있어서 그래. 뭐 아는 게 있어?"

베인이 걸어와 로넌 옆에 섰다. 그러고는 하늘을 올려다보았다.

"오늘 밤에는 화성이 밝군." 베인 역시 그렇게 말할 뿐이었다.

"그 얘긴 이미 들었어." 해그리드가 짜증스러운 듯 말했다. "좋아, 뭔가 이상한 걸 보면 꼭 알려 줘. 알았지? 그럼 우리는 이만 가 보지."

해리와 헤르미온느는 해그리드를 따라 공터를 벗어나면서 나무 때문에 시야가 가려지기 전까지 어깨 너머로 로넌과 베인을 계속 바라보았다.

"켄타우로스한테서 확실한 대답을 들을 생각은 절대 하지 마라. 망할 놈의 별만 쳐다보고 있으니까. 달보다 가까운 것에는 아무 관심이 없어." 해그리드가 화를 내며 말했다.

"저런 분들이 여기에 많이 사나요?" 헤르미온느가 물었다.

"아, 꽤 되지. 대부분 자기들끼리 지내지만, 내가 얘기를 나누고 싶어 하면 곧잘 모습을 드러내. 켄타우로스들은 아주 심오한 존재들이야. 많은 걸 알고 있지만…… 알려 주는 건 별로 없지."

"아까 그 소리도 켄타우로스가 낸 걸까요?" 해리가 물었다.

"그게 말발굽 소리처럼 들렸냐? 절대 아니야. 내 생각엔 그 소리를 낸 게 유니콘을 죽이고 있는 것 같다. 한 번도 들어 본 적 없는 소리거든."

그들은 빽빽하고 어두운 숲속을 걸어갔다. 해리는 자꾸만 초조하게 어깨 너머를 돌아보았다. 누가 지켜보는 것 같은 불쾌한 기분이 들었다. 석궁을 든 해그리드가 있어서 무척 다행이었다. 구부러진 오솔길을 막 지났을 때 헤르미온느가 해그리드의 팔을 잡았다.

"해그리드! 저기 보세요! 빨간 불꽃이에요. 다른 애들이 위험한가 봐요!"

"너희 둘은 여기서 기다려!" 해그리드가 소리쳤다. "길에서 벗어나면 안 된다. 다시 데리러 오마!"

해그리드가 숲 덤불을 짓뭉개며 멀어져 가는 소리가 들렸다. 해리와 헤르미온느는 근처 낙엽이 버스럭거리는 소리 말고는 아무 소리도 들리지 않을 때까지 잔뜩 겁에 질린 눈으로 서로를 바라보며 서 있었다.

"다치진 않았겠지?" 헤르미온느가 속삭였다.

"말포이야 어떻게 되든 상관없지만 네빌한테 무슨 일이 생기면……. 애초에 걔가 여기 오게 된 건 우리 잘못이잖아."

시간이 느리게 흘렀다. 해리와 헤르미온느는 평소보다 청각이 예민해진 것 같았다. 바람이 내쉬는 한숨과 잔가지가 우지직하는 소리 하나까지 모두 들리는 듯했다. 무슨 일이 벌어지고 있는 걸까? 다른 사람들은 어디에 있을까?

마침내 으드득하는 굉장한 소리가 해그리드가 돌아왔음을 알렸다. 말포이, 네빌, 팽도 함께 왔다. 해그리드는 화가 나서 콧김을 내뿜고 있었다. 보아하니 말포이가 장난친답시고 네빌 뒤로 몰래 다가가 그를 와락 붙잡은 모양이었다. 그 바람에 네빌이 겁을 먹고 불꽃을 쏘아 올린 것이었다.

"그렇게 소란을 떨다니, 이젠 운이 안 따라 주면 아무것도 못 잡을 거다. 좋아, 팀을 바꾸자. 네빌, 너는 나랑 헤르미온느랑 같이 가자. 해리, 너는 팽이랑 이 멍청이랑 같이 가라. 미안하다." 해그리드는 해리에게 귓속말로 덧붙였다. "저 녀석이 장난을 치려 해도 네가 상대라면 좀 어려울 거 아니냐. 꼭 해내야만 하는 일이라서 그래."

해리는 말포이, 팽과 함께 금지된 숲 한가운데로 출발했다. 그들은 30분 가까이 숲속 더 깊은 곳으로 들어갔다. 결국 숲이 너무 우거져 길을 걷는 게 거의 불가능해졌다. 해리는 유니콘의 피가 점점 진해지는 것 같다고 생각했다. 그 불쌍한 짐승이 근처에서 고통에 몸부림쳤던 듯 어느 나무의 뿌리에는 피가 잔뜩 튀어 있었다. 아주 오래된 오크나무의 뒤얽힌 가지 사이로 공터가 보였다.

"저거 봐." 해리가 말포이를 멈춰 세우려고 팔을 뻗으며 중얼거렸다.

밝은 흰색의 무언가가 바닥에서 어슴푸레 빛나고 있었다. 두 사람은 조금씩 가까이 다가갔다.

그것은 유니콘이 틀림없었지만, 죽어 있었다. 해리는 그토록 아름답고 슬픈 존재는 본 적이 없었다. 쓰러진 자리에 기이한 각도로 뻗어 있는 길고 가느다란 다리와 거무죽죽한 낙엽 위로 진주처럼 하얗게 흐트러진 갈기.

해리는 그쪽으로 한 걸음 뗐다가 뭔가가 스르르 움직이는 소리를 듣고 그 자리에 얼어붙었다. 공터 가장자리 덤불이 살짝 움직이는가 싶더니…… 어둠 속에서 후드를 뒤집어쓴 형체가 나와 먹이를 노리는 짐승처럼 공터를 기어 오고 있었다. 해리, 말포이, 팽은 그 자리에서 꼼짝 못 하고 가만히 서 있었다. 후드를 뒤집어쓴 형체가 유니콘에게 다가가 짐승의 옆구리에 난 상처에 머리를 파묻고 그 피를 마시기 시작했다.

"아아아아아악!"

말포이가 무시무시한 비명을 내지르고는 쏜살같이 도망

쳤다. 팽도 마찬가지였다. 후드를 뒤집어쓴 형체가 머리를 들고 해리를 똑바로 바라보았다. 그 형체의 앞쪽에서 유니콘의 피가 뚝뚝 떨어졌다. 그것이 두 발로 일어서더니 빠르게 해리 쪽으로 다가왔다. 해리는 공포에 질려 움직일 수가 없었다.

그때 한 번도 느껴 본 적 없는 날카로운 통증이 해리의 머리를 꿰뚫었다. 이마의 흉터가 타는 듯이 아팠다. 그는 반쯤 눈이 먼 채 비틀비틀 물러났다. 뒤에서 질주하는 말발굽 소리가 들리는가 싶더니 뭔가가 해리를 깔끔하게 뛰어넘어 그 형체를 향해 맹렬하게 돌진했다.

머리의 통증이 너무 심한 탓에 해리는 주저앉아 무릎을 꿇었다. 통증은 1~2분 정도 이어졌다. 고개를 들어 보니 형체는 이미 사라지고 없었다. 웬 켄타우로스가 해리를 내려다보고 있었다. 로넌도, 베인도 아니었다. 이 켄타우로스는 더 젊어 보였고, 흰색에 가까운 금발에, 팔로미노(갈기와 꼬리는 흰색이고 털은 크림색이나 황금색인 말—옮긴이)의 몸을 가지고 있었다.

"괜찮나?" 켄타우로스가 해리를 일으켜 세우며 물었다.

"네…… 고맙습니다. 근데 저게 뭐였어요?"

켄타우로스는 대답하지 않았다. 눈은 놀라울 만큼 파랬

다. 마치 옅은 색 사파이어 같았다. 켄타우로스가 해리를 유심히 살펴보았다. 그의 눈길은 해리 이마에 도드라진 검푸른 흉터에 머물러 있었다.

"네가 그 포터라는 아이로구나." 켄타우로스가 말했다. "해그리드에게 돌아가는 게 좋겠다. 이 시간에 이 숲은 안전하지 않으니까. 특히 너에겐. 말을 탈 줄 아나? 그편이 더 빠를 거다. 내 이름은 피렌지다." 피렌지는 해리가 등에 올라탈 수 있도록 앞다리를 구부리며 덧붙였다.

갑자기 공터 반대편에서 더 많은 말발굽 소리가 들려왔다. 로넌과 베인이 나무들 사이에서 불쑥 튀어나왔다. 그들의 들썩거리는 몸은 온통 땀에 젖어 있었다.

"피렌지!" 베인이 쩌렁쩌렁하게 소리쳤다. "무슨 짓인가? 인간을 등에 태우다니! 부끄럽지도 않나? 자네가 비천한 노새인가?"

"이 아이가 누군지 아나?" 피렌지가 말했다. "바로 그 포터일세. 이 아이가 이 숲을 빨리 떠날수록 좋지."

"그 아이에게 무슨 얘길 하고 있었나?" 베인이 으르렁댔다. "기억하게, 피렌지. 우리는 천명에 거역하지 않기로 맹세한 존재라는 걸. 행성의 움직임을 보고 어떤 운명이 닥쳐오는지 읽지 않았나?"

로넌이 소심하게 앞발로 땅을 긁었다.

"피렌지 나름대로는 분명 좋은 뜻으로 그랬을 거야." 로 넌이 우울한 목소리로 말했다.

베인이 화를 내며 뒷발질을 했다.

"좋은 뜻이라니! 그게 우리와 무슨 상관인가? 켄타우로 스들과 상관있는 건 예언된 것들뿐이야! 우리 숲에 들어왔 다가 길 잃은 인간들을 따라 당나귀처럼 쏘다니는 건 우리 일이 아니란 말일세!"

피렌지가 갑자기 화를 내며 뒷발을 짚고 일어서는 바람 에 해리는 떨어지지 않으려고 그의 어깨를 꽉 잡아야 했다.

"저 유니콘 안 보이나?" 피렌지가 베인에게 소리쳤다. "저 유니콘이 왜 살해당했는지 모르느냔 말일세. 아니면, 행성들이 자네에게 그 비밀만은 알려 주지 않은 건가? 나 는 이 숲에 도사리고 있는 그 존재와 맞설 생각이라네, 베 인. 그래, 필요하다면 인간들이랑도 함께할 거야."

그러더니 피렌지는 홱 돌아섰다. 로넌과 베인을 뒤로한 채 피렌지는 그를 힘껏 붙들고 있는 해리와 함께 나무숲으 로 뛰어들어 갔다.

해리는 무슨 일이 벌어지고 있는지 도무지 감을 잡을 수 가 없었다.

"베인은 왜 저렇게 화를 내요?" 해리가 물었다. "그리고 아까 절 무엇한테서 구해 주신 거죠?"

피렌지는 걸음을 늦추며 해리에게 낮게 드리운 가지에 걸릴지 모르니 머리를 숙이라고 경고하면서도 해리의 질문에는 대답하지 않았다. 꽤 오랫동안 한 마디도 하지 않고 숲을 나아갔으므로 해리는 피렌지가 더 이상 이야기를 나누고 싶어 하지 않는 거라고 생각했다. 하지만 나무가 유독 빽빽하게 우거진 곳을 지날 때 피렌지가 갑자기 멈춰 섰다.

"해리 포터, 유니콘의 피가 어디에 쓰이는지 알고 있나?"

"아뇨." 이상한 질문에 깜짝 놀라며 해리가 말했다. "마법약 시간에는 유니콘 뿔이랑 꼬리털만 써 봤어요."

"그건 유니콘을 죽이는 게 말로 표현할 수 없을 만큼 끔찍한 일이기 때문이다." 피렌지가 말을 이었다. "무슨 짓을 저질러도 잃을 게 없는 자만이 그런 죄를 범할 거다. 유니콘의 피는 죽음을 눈앞에 둔 사람도 살아나게 한다. 그러나 치러야 할 대가는 가혹하지. 스스로를 구하기 위해 순수하고 무방비한 존재를 죽였으니, 그 피가 입술에 닿는 순간부터 반쪽짜리 삶, 저주받은 삶을 살게 되는 거다."

해리는 달빛을 받아 은색으로 얼룩진 피렌지의 뒤통수를 빤히 바라보았다.

"하지만 그렇게까지 절박한 사람이 있을까요?" 해리가 마음속 의문을 입 밖으로 꺼냈다. "영원히 저주받을 거라면 죽는 게 낫지 않아요?"

"그렇지." 피렌지가 동의했다. "무언가 다른 것을 얻을 때까지 시간을 버는 게 목적이 아니라면. 힘과 권능을 완전히 되찾아 줄 무언가, 영원히 죽지 않는 것을 의미하는 무언가를 얻을 때까지 말이다. 포터, 지금 이 순간 학교에 뭐가 숨겨져 있는지 아나?"

"마법사의 돌! 맞아…… 생명의 영약이 있어요! 근데 도대체 누가……."

"힘을 되찾기 위해 오랜 시간 기다려 온 자, 목숨을 억지로 부지해 온 자, 기회가 오기만을 고대하던 자가 누군지 전혀 떠오르지 않나?"

강철 주먹이 갑자기 해리의 심장을 움켜쥔 것 같았다. 나무들이 버스럭거리는 소리 너머로 처음 만난 날 밤 해그리드가 해 줬던 얘기가 다시금 들려오는 듯했다. '그자가 죽었다는 사람들도 있어. 내가 보기엔 터무니없는 소리야. 그자한테 죽음을 맞이할 만큼의 인간적인 면이 남아 있었는지조차 모르겠는데 말이야.'

"그 말은" 하고, 해리가 쉰 목소리로 입을 열었다. "볼드······."

"해리! 해리, 괜찮아?"

헤르미온느가 그들을 향해 오솔길을 달려오고 있었다. 해그리드가 그 뒤를 따라 헐떡거리면서 달려왔다.

"난 괜찮아." 자기가 무슨 말을 하는지도 모른 채 해리가 말했다. "유니콘은 죽었어요, 해그리드. 저 뒤 공터에 있어요."

"여기서 널 내려 줘야겠다." 해그리드가 허겁지겁 유니콘을 살펴보러 가자 피렌지가 나직이 말했다. "이제 안전하니."

해리는 피렌지의 등에서 미끄러져 내려왔다.

"행운을 빈다, 해리 포터." 피렌지가 말했다. "행성의 움직임을 잘못 읽는 일은 예전에도 있었다. 켄타우로스라도 말이지. 이번에도 그런 것이기를."

피렌지는 몸을 돌려, 부르르 떨고 있는 해리를 뒤로한 채 금지된 숲 깊숙한 곳으로 돌아갔다.

론은 두 사람이 돌아오기를 기다리다가 어두운 휴게실에서 잠들어 있었다. 해리가 거칠게 흔들어 깨우자 그는 퀴디치 반칙 어쩌고 하며 소리를 질렀지만, 해리가 두 사람에게 숲에서 있었던 일을 이야기하기 시작하자 금방 눈을 휘둥 그렇게 떴다.

해리는 앉을 수가 없어 벽난로 앞을 왔다 갔다 했다. 아직도 몸이 떨렸다.

"스네이프는 볼드모트를 위해 그 돌을 차지하려는 거야……. 볼드모트는 금지된 숲에서 기다리고 있고……. 그런데 지금껏 스네이프가 그저 부자가 되고 싶어서 그 돌을 갖고 싶어 하는 거라고 생각했다니……."

"그 이름 말하지 마!" 볼드모트가 그들의 대화를 들을지도 모른다는 듯 론이 겁에 질린 목소리로 작게 소리쳤다.

해리 귀에는 그 말이 들리지 않았다.

"피렌지가 나를 구해 줬는데 그래선 안 되는 거였어……. 베인이 심하게 화를 냈거든……. 행성들이 예언한 일에 간섭한다느니 어쩌느니 하더라고……. 행성들이 볼드모트가 돌아온다고 예언한 게 틀림없어……. 베인은 피렌지가 볼드모트가 나를 죽이게 그냥 뒀어야 한다고 생각해……. 그 얘기도 별에 쓰여 있나 봐."

"그 이름 좀 그만 말하라고!" 론이 식식댔다.

"그러니까 이제 내가 할 일은 스네이프가 돌을 훔칠 때까지 기다리는 것뿐이야." 해리가 열띤 어조로 말을 이었다.

"그럼 볼드모트가 찾아와 나를 끝장낼 수 있겠지. ……뭐, 베인은 기분 좋겠네."

헤르미온느는 무척 겁에 질린 듯했으면서도 위로의 말을 건넸다.

"해리, 다들 '그 사람'이 두려워하는 건 덤블도어 교수님 뿐이라고 말하잖아. 덤블도어 교수님이 가까이 있으면 '그 사람'도 너를 건드리지 못할 거야. 그나저나, 켄타우로스들이 하는 말이 맞다고 누가 그래? 나한테는 점쟁이들이 하는 얘기처럼 들리는데. 맥고나걸 교수님은 점술이 매우 부정확한 마법 분야라고 하셨어."

그들이 대화를 멈추기도 전에 하늘이 밝아 왔다. 다들 목도 아프고 기진맥진해서 잠자리에 들었다. 하지만 그날 밤 벌어진 놀라운 일은 거기서 끝이 아니었다.

이불을 들어 올렸을 때 해리는 그 아래 깔끔하게 개어져 있는 투명 망토를 발견했다. 망토에는 쪽지 한 장이 핀으로 꽂혀 있었다.

혹시 모르니까.

16장

바닥의 문을 지나서

언제라도 볼드모트가 문을 벌컥 열고 들어올지 모른다는 불안감 속에서 어떻게 시험을 치렀는지, 해리는 앞으로 몇 년이 지나더라도 기억하지 못할 것이다. 그럼에도 하루하루는 지나갔고, 복슬이가 잠긴 문 뒤에 여전히 살아 있다는 사실은 틀림이 없었다.

엄청나게 더웠다. 필기시험을 치른 큰 교실은 특히 그랬다. 학생들은 시험 시간에 부정행위 방지 주문이 걸린 특별한 새 깃펜을 받았다.

실기시험도 보았다. 플리트윅 교수는 학생들을 한 사람 한 사람 교실로 불러 파인애플이 탭댄스를 추며 책상 위를 이동하게 만들 수 있는지 보았다. 맥고나걸 교수는 학생들이 쥐를 코담뱃갑으로 바꿔 놓는 것을 지켜보았다. 담뱃갑 모양이 얼마나 예쁘냐에 따라 점수가 주어졌는데, 혹 수염이 남아 있으면 감점이었다. 스네이프는 건망증 물약 만드는 방법을 떠올리려고 애쓰는 학생들을 목덜미에 숨이 닿을 정도로 가까이에서 내려다보며 모두를 긴장하게 만들었다.

해리는 숲으로 다녀온 짧은 모험 이후 찌르는 듯한 이마의 통증을 무시하려고 최선을 다했다. 네빌은 해리가 좀처럼 잠들지 못하는 것을 보고 시험 때문에 불안한가 보다 생각했지만, 사실 해리는 전에 꾸던 악몽 탓에 자꾸 깨는 것이었다. 후드를 뒤집어쓰고 피를 뚝뚝 흘리는 형체까지 등장하는 바람에 꿈은 더 끔찍해졌다.

해리가 금지된 숲에서 본 것을 못 본 탓인지도 모르고 이마에 타는 듯한 흉터가 없기 때문인지도 모르지만, 론과 헤르미온느는 해리만큼 마법사의 돌을 걱정하진 않는 듯했다. 볼드모트에 대한 생각은 분명 그 둘에게도 공포를 선사했지만, 그렇다고 그들의 꿈에 볼드모트가 계속 나타나는 것은 아니었다. 게다가 그들은 시험공부를 하느라 스네이프든 누구든 무슨 일을 저지를지 모른다고 조바심할 겨를도 없었다.

마지막 시험 과목은 마법의 역사였다. 내용물을 저절로 젓는 솥단지를 발명한 늙은 괴짜 마법사에 관한 문제를 한 시간 풀고 나면 드디어 자유의 몸이 되어, 시험 결과가 나오기 전까지 신나는 1주일을 보낼 수 있었다. 빈스 교수의 유령이 깃펜을 내려놓고 양피지를 둘둘 말라고 했을 때, 해리는 다른 아이들과 함께 환호성을 지르고 싶은 마음을 억누를 수가 없었다.

"생각했던 것보다 훨씬 쉬웠어." 햇빛이 내리쬐는 교정으로 쏟아져 나오는 아이들 무리에 끼며 헤르미온느가 말했다. "1637년 늑대인간 행동 강령이나 열성분자 엘프릭의 반란은 공부할 필요도 없었던 거야."

헤르미온느는 시험이 끝날 때마다 답안지를 살펴보고 싶어 했지만 론이 그 때문에 몸이 아픈 것 같다고 했으므로 셋은 한가로이 호숫가로 걸어가 나무 아래 털썩 주저앉았다. 위즐리 쌍둥이와 리 조던이 따뜻한 모래톱에 나와 햇볕을 쬐는 대왕오징어의 촉수를 간지럼 태우고 있었다.

"시험공부는 이제 끝이다." 론이 행복한 듯 한숨을 쉬며 잔디밭 위에서 기지개를 켰다. "좀 더 신나는 표정을 지어 봐, 해리. 적어도 1주일은 지나야 시험을 얼마나 망쳤는지 알 수 있잖아. 벌써부터 걱정할 필요 없어."

해리는 계속해서 이마를 문질렀다.

"이게 무슨 뜻인지 알았으면 좋겠다!" 해리는 화난 듯 내뱉었다. "흉터가 계속 아파. 전에도 이런 적이 있지만 지금처럼 자주 아팠던 적은 없어."

"폼프리 선생님한테 가 봐." 헤르미온느가 제안했다.

"난 병에 걸린 게 아냐." 해리가 말했다. "어떤 경고인 것 같아. 위험이 다가오고 있다는……."

론은 그다지 심각하게 생각하지 않았다. 그러기에는 날이 너무 더웠다.

"해리, 진정해. 헤르미온느 말이 맞아. 덤블도어 근처에 있는 한 그 돌은 안전할 거야. 게다가 스네이프가 복슬이를 지나가는 방법을 알아냈다는 증거도 없잖아. 아무리 스네이프라도 다리가 한 번 뜯겨 나갈 뻔했는데 성급하게 다시 시도하려 들지는 않을 거야. 그리고 해그리드가 덤블도어의 믿음을 저버리는 것보다 네빌이 잉글랜드 퀴디치 대표 선수가 될 가능성이 더 클걸."

해리는 고개를 끄덕였지만 뭔가 중요한 일을 잊어버린 것 같은 찜찜한 기분을 떨칠 수 없었다. 그런 느낌을 설명하려고 하자 헤르미온느가 말했다. "그냥 시험 때문이야. 나도 어젯밤에 깨서 변환 마법 필기를 공부하고 있는데, 그제야 변환 마법 시험을 이미 봤다는 게 생각나더라니까.”

하지만 해리의 불안한 기분은 확실히 공부와는 관련이 없었다. 그는 부엉이 한 마리가 부리에 편지를 물고 화창하게 푸른 하늘을 가로질러 학교를 향해 퍼덕퍼덕 날아가는 모습을 지켜보았다. 해리에게 편지를 보내는 사람은 해그리드뿐이었다. 해그리드는 절대로 덤블도어를 배신하지 않을 것이다. 해그리드는 누구에게도 복슬이를 지나가는 방법을 말해 주지 않을 것이다……. 절대로……. 그런데…….

해리는 갑자기 자리에서 일어났다.

“어디 가려고?” 론이 졸린 듯 물었다.

“막 생각난 게 있어.” 해리가 말했다. 그의 얼굴이 하얗게 질려 있었다. “해그리드를 만나야 해, 지금 당장.”

“왜?” 헤르미온느가 허겁지겁 해리를 따라잡느라 숨을 헐떡였다.

“좀 이상하지 않아?” 해리가 풀로 뒤덮인 비탈길을 빠르게 걸어가며 말했다. “해그리드가 무엇보다도 갖고 싶어 하던 게 용인데, 우연히 용의 알을 가진 어떤 낯선 사람이 나타났다? 마법사 법을 어기고 용의 알을 갖고 돌아다니는 사람이 얼마나 되겠어? 아주 운이 좋지 않고서야 그런 사람이 우연히 해그리드를 만날 수는 없잖아. 안 그래? 전에는 왜 이 생각을 못 했지?"

"도대체 무슨 소리야?" 론이 물었지만 해리는 금지된 숲을 향해 전속력으로 교정을 가로지르느라 대답하지 않았다.

해그리드는 집 바깥에 있는 안락의자에 앉아 바지와 소매를 걷어 올린 채 커다란 그릇에 완두콩을 까 넣고 있었다.

"어이." 해그리드가 웃으며 말했다. "시험 끝났냐? 차 한잔할래?"

"네, 주세요." 론이 말했지만 해리가 끼어들었다.

"아뇨, 좀 급해서요. 해그리드, 여쭤 볼 게 있어요. 내기에서 노버트를 얻은 날 밤 있죠? 그때 아저씨랑 카드놀이를 한 낯선 사람, 어떻게 생겼어요?"

"몰라." 해그리드가 별생각 없이 말했다. "망토를 벗지 않으려고 했거든."

해그리드는 세 사람의 충격받은 표정을 보고 눈썹을 치켜올렸다.

"그렇게 이상한 일은 아냐. 별의별 웃긴 친구들이 많이 오거든, 호그스 헤드(Hog's Head, '수퇘지 머리'라는 뜻─옮긴이)에는. 그러니까, 마을에 있는 술집 말이야. 용을 팔러 다니는 사람일지도 모르잖아? 얼굴은 보지 못했어. 망토에 달린 후드를 쭉 뒤집어쓰고 있었으니까."

해리는 완두콩 그릇 옆에 맥없이 주저앉았다.

"그 사람이랑 무슨 얘기 했어요, 해그리드? 호그와트 얘기를 조금이라도 하셨어요?"

"얘기가 나왔겠지." 해그리드가 기억을 떠올리느라 이마를 찌푸리며 말했다. "그래…… 나더러 무슨 일을 하냐고 묻길래 여기서 숲지기를 한다고 말해 줬고…… 내가 돌보는 생물들에 대해 묻길래…… 말해 줬지. 옛날부터 용이 정말 갖고 싶었다는 얘기도 했고…… 그다음엔…… 기억이 잘 안 나네. 그 사람이 계속 술을 샀거든. 가만있자……. 그래, 그러다가 그 사람이 자기가 용의 알을 갖고 있다면서, 원한다면 그 알을 걸고 카드놀이를 하자더구나. 하지만 내가 용을 다룰 수 있는지 먼저 확인하려고 했어. 아무 데나 보낼 수는 없다면서. 그래서 내가 그랬지. 복슬이도 길러 봤는데 용쯤이야 쉽다고……."

"그래서, 그 사람이…… 그 사람이 복슬이한테 관심을 보이는 것 같았어요?" 해리는 침착한 목소리를 유지하려고 애쓰며 물었다.

"뭐…… 그랬지. 아무리 근처에 호그와트가 있다지만, 머리 셋 달린 개를 얼마나 봤겠니? 그래서 내가 말해 줬지. 진정시키는 방법만 알면 복슬이 돌보는 건 식은 죽 먹기라고, 음악을 조금 들려주기만 하면 바로 곯아떨어진다고……."

해그리드는 갑자기 겁에 질린 듯 보였다.

"너희한테 이 얘기를 해선 안 되는데!" 해그리드가 무심코 내뱉었다. "내가 한 말은 잊어버려라! 이봐, 어디들 가냐?"

해리, 론, 헤르미온느는 현관홀에 멈춰 설 때까지 서로 한 마디도 하지 않았다. 바깥에 있다가 들어와서인지 현관홀은 아주 썰렁하고 어두워 보였다.

"덤블도어 교수님한테 가야 돼." 해리가 말했다. "해그리드가 그 낯선 사람한테 복슬이를 지나가는 방법을 말해 줬다잖아. 후드를 뒤집어쓰고 있던 사람은 스네이프거나 볼드모트였을 거야. 해그리드를 취하게 만들었으니 속이기 쉬웠겠지. 덤블도어 교수님이 우리 얘기를 믿어 주기만 바랄 뿐이야. 베인이 못하게 하지만 않으면 피렌지가 우리 얘기를 거들어 줄 수도 있을 텐데. 덤블도어 교수님 방이 어디지?"

그들은 맞는 방향을 가리키는 표지판이라도 찾으려는 듯 주위를 둘러보았다. 셋은 여태까지 덤블도어가 어디에 사는지도 들은 적 없었고, 누가 덤블도어에게 불려 간 적이 있는지도 알지 못했다.

"그냥 우리가……." 해리가 입을 열었지만, 갑자기 복도 건너편에서 어떤 목소리가 울렸다.

"너희 셋은 여기서 뭐 하는 거지?"

높이 쌓아 올린 책 더미를 들고 가던 맥고나걸 교수였다.

"덤블도어 교수님을 뵙고 싶어서요." 헤르미온느가 말했다. 꽤 용감한 행동이라고, 해리와 론은 생각했다.

"덤블도어 교수님을 뵙고 싶다고?" 맥고나걸 교수가 그 말을 따라 했다. 그런 일을 하고 싶어 하는 것 자체가 굉장히 수상쩍다는 듯했다. "왜?"

해리가 침을 꿀꺽 삼켰다. ……이제 어쩌지?

"그건 비밀인데요." 해리는 그렇게 말해 놓고 곧바로 후회했다. 맥고나걸 교수의 콧구멍에서 불길이 뿜어 나오는 듯했기 때문이다.

"덤블도어 교수님은 10분 전에 떠나셨다." 맥고나걸 교수가 차갑게 말했다. "마법 정부에서 급하게 부엉이를 보내서 곧바로 런던으로 날아가셨어."

"떠나셨다고요?" 해리가 몹시 흥분해서 말했다. "지금요?"

"덤블도어 교수님은 대단한 마법사시다, 포터. 그분이 시간을 내서 해결해야 하는 일이 한두…….”

“하지만 중요한 일이에요.”

“네가 말하려는 게 마법 정부 일보다도 중요하다는 거냐, 포터?”

“저, 교수님…….” 해리가 과감하게 입을 열었다. “마법사의 돌에 관한 일이에요…….”

맥고나걸 교수가 어떤 대답을 기대했는지는 몰라도 방금 그가 한 말은 아닌 게 분명했다. 들고 있던 책들이 품에서 굴러떨어졌는데도 그녀는 집어 들지 않았다.

“그걸 어떻게……?” 맥고나걸 교수는 당황했는지 식식거리는 소리를 냈다.

“교수님, 제 생각에는…… 아니, *확실해요*. 스네…… 누군가가 그 돌을 훔치려 하고 있어요. 덤블도어 교수님께 말씀드려야 해요.”

맥고나걸 교수가 충격과 의심이 뒤섞인 눈길로 그들을 바라보았다.

“덤블도어 교수님은 내일 돌아오실 거다.” 마침내 그녀가 말했다. “어쩌다 그 돌에 대해 알게 됐는지는 모르지만 마음 놓거라. 그걸 훔칠 수 있는 사람은 아무도 없어. 아주 잘 지켜지고 있으니까.”

"하지만 교수님······."

"포터, 잘 아니까 하는 얘기다." 맥고나걸 교수가 딱 잘라 말했다. 그녀는 몸을 구부려 떨어진 책들을 주워 모았다. "너희 모두 밖에 나가서 햇볕이라도 쬐는 게 좋겠구나."

하지만 그들은 그러지 않았다.

"오늘 밤이야." 맥고나걸 교수가 말소리가 들리지 않는 곳까지 멀어졌다는 확신이 들자마자 해리가 말했다. "스네이프는 오늘 밤 그 문 아래로 내려갈 거야. 필요한 건 전부 알아낸 데다가 이제 덤블도어 교수님까지 보내 버렸잖아. 편지를 보낸 것도 스네이프일 거야. 덤블도어 교수님이 나타나면 마법 정부에서도 깜짝 놀랄걸."

"하지만 그렇다고 우리가 뭘······."

헤르미온느가 숨을 헉 들이켰다. 해리와 론이 휙 돌아보았다.

스네이프가 거기 서 있었다.

"안녕." 스네이프가 담담하게 말했다.

셋은 스네이프를 뚫어지게 바라보았다.

"이런 날 안에만 있으면 안 되지." 스네이프가 기이하게 일그러진 미소를 띠고 말했다.

"저희는······." 무슨 말을 해야 할지 갈피를 잡지 못한 채 해리가 입을 열었다.

"좀 더 조심하는 게 좋을 거다." 스네이프가 말했다. "이런 식으로 몰려다니면 다들 너희가 무슨 수작이라도 꾸미는 줄 알 테니까. 그리핀도르는 지금보다 더 점수가 깎일 여유가 없을 텐데?"

해리는 얼굴을 붉혔다. 셋은 밖으로 나가려고 몸을 돌렸지만, 스네이프가 그들을 다시 불러 세웠다.

"경고했다, 포터. 더 이상 밤에 돌아다녔다간 내가 직접 나서서 널 퇴학시키고 말겠다. 잘 가라."

스네이프는 교무실이 있는 방향으로 성큼성큼 멀어져 갔다.

바깥의 돌계단 위에서 해리는 다른 두 사람을 돌아보았다.

"그래, 이렇게 하면 돼." 해리가 다급하게 속삭였다. "우리 중 한 명은 스네이프를 감시해야 돼. 교무실 앞에서 지키고 있다가, 스네이프가 나오면 뒤따라가는 거야. 헤르미온느, 네가 하는 게 좋겠다."

"왜 나야?"

"뻔하잖아." 론이 말했다. "너는 플리트윅 교수님을 기다리는 척할 수 있으니까 그렇지." 론이 목소리 톤을 높였다.

"아, 플리트윅 교수님, 너무 걱정돼서요, 14-b번 문제를 틀린 것 같은데……."

"아, 닥쳐." 헤르미온느는 그렇게 말하면서도, 자기가 가서 스네이프를 지켜보겠다고 했다.

"우리는 4층 복도로 들어가는 문 앞에 있는 게 좋을 것 같아." 해리가 론에게 말했다. "가자."

하지만 그 계획은 실현되지 않았다. 복슬이가 교내의 다른 곳으로 나오지 못하도록 막아 둔 문에 다다르기 무섭게 맥고나걸 교수가 다시 나타난 것이다. 이번에 그녀는 참지 못하고 화를 냈다.

"한 무더기의 주문보다 너희를 지나가기가 더 어렵다고 생각하는 모양이지!" 맥고나걸 교수가 마구 몰아쳤다. "쓸데없는 짓 그만두거라! 너희가 또 이 근처에 얼씬거린다는 얘기가 들리면 그리핀도르는 50점이 더 깎일 테니까! 그래, 위즐리. 내 기숙사라도 말이야!"

해리와 론은 휴게실로 돌아갔다. 해리가 막 "그래도 헤르미온느가 스네이프의 뒤를 밟고 있잖아"라고 말한 순간 뚱뚱한 귀부인 초상화가 홱 열리더니 헤르미온느가 들어왔다.

"미안해, 해리!" 헤르미온느는 울부짖다시피 했다. "스네이프가 나와서 나더러 뭘 하느냐길래 플리트윅 교수님을 기다리고 있다고 했더니 직접 가서 교수님을 데려온 거야. 물러날 수밖에 없었어. 스네이프가 어디로 갔는지는 모르겠어."

"뭐, 그럼 어쩔 수 없네. 그렇지?" 해리가 말했다.

두 사람은 해리를 뚫어지게 바라보았다. 해리의 얼굴색은 창백했지만 두 눈은 반짝거리고 있었다.

"난 오늘 밤 나가서 스네이프보다 먼저 돌을 손에 넣을 거야."

"너 미쳤구나!" 론이 말했다.

"그럴 수는 없어!" 헤르미온느가 말했다. "맥고나걸 교수님이랑 스네이프가 뭐라고 했니? 그러다 퇴학당할 거야!"

"그래서 뭐?" 해리가 소리쳤다. "이해가 안 가? 스네이프가 그 돌을 손에 넣으면 볼드모트가 돌아올 거야! 볼드모트가 이 세상을 정복하려고 했을 때 무슨 일이 벌어졌는지 못 들었어? 퇴학이고 뭐고 아예 호그와트가 없어질 거야! 볼드모트가 학교를 박살 내거나, 아니면 어둠의 마법을 가르치는 학교로 바꿔 놓겠지! 점수를 잃는 건 더 이상 중요하지 않다고. 모르겠어? 그리핀도르가 기숙사 우승컵을 차지하면 볼드모트가 너랑 너희 가족을 안 건드릴 것 같아? 그 돌을 손에 넣기 전에 들키면, 뭐, 더즐리네로 돌아가서 볼드모트가 날 찾아낼 때까지 기다려야겠지. 그래 봤자 조금 늦게 죽는 것뿐이야. 난 절대 어둠의 편으로 넘어가지 않을 테니까! 나는 오늘 밤 그 문 아래로 내려갈 거야. 너희가 무슨 말을 하든 날 막진 못해! 볼드모트는 우리 부모님을 죽였어. 잊은 거야?"

해리는 두 사람을 쏘아보았다.

"네 말이 맞아, 해리." 헤르미온느가 조그만 목소리로 말했다.

"투명 망토를 쓸 거야." 해리가 말했다. "이걸 되찾아서 정말 다행이야."

"그런데 우리 셋 다 쓸 수 있을까?" 론이 말했다.

"우리…… 셋 다?"

"아, 집어치워. 우리가 너 혼자 가게 둘 것 같아?"

"당연히 안 되지." 헤르미온느가 기운차게 말했다. "우리 없이 돌 있는 데까지 어떻게 가려고? 가서 책이라도 훑어봐야겠다. 쓸 만한 게 있을지도 모르니까……."

"하지만 잡히면 너희도 퇴학당하고 말 거야."

"내가 끼면 아닐걸." 헤르미온느가 단호하게 말했다. "플리트윅 교수님이 살짝 말해 주셨는데, 내가 교수님 과목 시험 성취도를 100하고도 20퍼센트나 달성했대. 그런 학생을 쫓아낼 리 없잖아."

저녁 식사를 마친 뒤 세 사람은 휴게실에서 다른 아이들과 떨어져서 초조하게 앉아 있었다. 누구도 그들을 신경 쓰지 않았다. 어쨌든, 그리핀도르 학생 중 해리에게 말을 거는 사람은 아무도 없었다. 그 때문에 속상하지 않은 건 오늘 밤이 처음이었다. 헤르미온느는 그들이 상대하고 깨뜨려야 할 마법에 관한 것이 하나라도 걸려들길 바라는 마음에, 지금까지 해 온 필기를 전부 훑어보고 있었다. 해리와 론은 별로 말을 하지 않았다. 둘 다 이제 곧 해야 할 일을 생각하고 있었다.

아이들이 하나둘 침실로 떠나자 휴게실은 천천히 비어갔다.

"투명 망토를 가져와야겠다." 마지막으로 리 조던이 기지개를 켜고 하품을 하며 자리에서 일어나자 론이 중얼거렸다. 해리는 어두운 기숙사 침실로 달려 올라갔다. 투명 망토를 끄집어낸 그의 시선이 해그리드가 크리스마스 선물로 준 피리로 향했다. 해리는 피리를 챙겼다. 복슬이를 재우려면 음악을 들려줘야 하는데, 노래를 부르고 싶은 기분은 전혀 들지 않았기 때문이다.

해리는 다시 휴게실로 달려갔다.

"여기서 걸치는 게 좋겠어. 우리 셋 다 가릴 수 있는지 확인해야지. 우리 중 한 사람이라도 발만 덩그러니 돌아다니다가 필치 눈에 띄면⋯⋯."

"뭐 하는 거야?" 휴게실 구석에서 어떤 목소리가 들려왔다. 네빌이 두꺼비 트레버를 꽉 쥔 채 안락의자 뒤에서 모습을 드러냈다. 트레버가 또 한 번 자유를 위한 탈출을 감행한 모양이었다.

"아냐, 네빌. 아무것도." 해리가 투명 망토를 얼른 등 뒤로 숨기며 말했다.

네빌은 뭔가 찔리는 듯한 세 사람의 얼굴을 뚫어지게 바라보았다.

"또 나가려는 거구나." 네빌이 말했다.

"아냐, 아냐, 아냐." 헤르미온느가 말했다. "아냐. 안 나가. 자러 안 가니, 네빌?"

해리는 문 옆에 있는 괘종시계를 바라보았다. 더 이상 낭비할 시간이 없었다. 어쩌면 지금 이 순간 스네이프가 음악을 연주해서 복슬이를 잠재우고 있을지 몰랐다.

"나가면 안 돼." 네빌이 말했다. "너희는 또 붙잡힐 거야. 그리핀도르는 점수가 더 깎일 테고."

"넌 몰라." 해리가 말했다. "이건 중요한 일이야."

하지만 네빌은 뭔가 절박한 사람처럼 마음을 단단히 먹은 게 틀림없었다.

"내가 못 가게 막을 거야." 네빌이 재빨리 초상화 구멍을 막아서며 말했다. "내가…… 내가 싸워서라도 막을 거야!"

"네빌." 론이 분통을 터뜨렸다. "저리 비켜. 멍청하게 굴지 말고."

"나한테 멍청이라고 하지 마!" 네빌이 말했다. "난 너희가 더 이상 교칙을 어겨서는 안 된다고 생각해! 그리고 사람들한테 맞서야 한다고 말한 건 바로 너잖아!"

"그래, 근데 우리한테 맞서라는 얘기는 아니었지." 론이 잔뜩 화가 나서 말했다. "네빌, 넌 지금 네가 무슨 짓을 하고 있는지 몰라."

론이 앞으로 한 발짝 내딛자 네빌은 두꺼비 트레버를 떨어뜨렸다. 트레버는 보이지 않는 곳으로 폴짝폴짝 뛰어가 버렸다.

"그래, 그럼 어디 때려 봐!" 네빌이 두 주먹을 들어 올리며 말했다. "난 준비됐어!"

해리가 헤르미온느에게 눈을 돌렸다.

"*뭐라도 좀 해 봐.*" 해리가 절박하게 말했다.

헤르미온느가 앞으로 나섰다.

"네빌." 헤르미온느가 말했다. "정말, 진심으로 미안해."

헤르미온느는 지팡이를 들어 올렸다.

"페트리피쿠스 토탈루스!" 헤르미온느가 네빌을 가리키며 소리쳤다.

네빌의 두 팔이 양 옆구리에 딱 붙었다. 두 다리도 서로 달라붙었다. 네빌은 몸 전체가 딱딱하게 굳은 채 그 자리에서 휘청거리더니 널빤지처럼 뻣뻣해져서는 앞으로 넘어졌다.

헤르미온느가 달려가 네빌의 몸을 뒤집었다. 네빌은 턱이 딱 다물려 있었으므로 말을 할 수 없었다. 오직 겁에 질려 그들을 바라보는 두 눈만 움직일 뿐이었다.

"뭘 한 거야?" 해리가 목소리를 낮추고 물었다.

"전신 묶기 저주야." 헤르미온느가 비참한 듯 말했다. "미안, 네빌. 정말 미안해."

"어쩔 수 없었어, 네빌. 설명할 시간이 없어." 해리가 말했다.

"나중에 알게 될 거야, 네빌." 그들이 네빌을 넘어가 투명 망토를 뒤집어썼을 때 론이 말했다.

하지만 네빌을 꼼짝 못 하게 바닥에 내버려 둔 건 그리 좋은 징조가 아니었다. 긴장되다 보니 온갖 조각상의 그림자가 필치처럼 보였고, 멀찍이서 불어오는 바람의 숨결도 피브스가 휙 덮치는 소리로만 들렸다.

첫 번째 계단 아래 도착한 그들은 계단 꼭대기를 살금살금 돌아다니는 노리스 부인을 발견했다.

"한 번만 걷어차 보자. 딱 한 번만." 론이 해리의 귀에 대고 속삭였지만 해리는 고개를 저었다. 조심스럽게 그 곁을 지날 때 노리스 부인은 등불 같은 두 눈을 그들 쪽으로 돌렸지만 아무런 행동도 하지 않았다.

셋은 4층으로 올라가는 계단에 도착할 때까지 누구와도 마주치지 않았다. 계단 중간에서 피브스가 사람들을 넘어뜨리려고 카펫을 헐겁게 만드느라 위아래로 흔들거리고 있었다.

"거기 누구야?" 그들이 다가가자 피브스가 갑자기 말했다. 그는 사악하고 검은 눈을 가늘게 떴다. "안 보이지만 거기 있는 거 알아. 굴(본래 아라비아 신화에 나오는 식인 괴물이지만, 해리 포터 세계에서는 다락 또는 헛간에 살면서 벌레나 가축을 잡아먹으며 이따금 소음을 내는 조금 친근한 괴물로 나온다―옮긴이)이냐, 유령이냐, 애송이 학생 녀석이냐?"

피브스는 공중으로 둥실둥실 떠올라 눈을 가늘게 뜨고 아이들 쪽을 바라보았다.

"필치를 불러야겠네, 불러야겠어. 뭔가 보이지 않는 게 살금살금 돌아다니고 있으니까 말이야."

해리에게 문득 좋은 생각이 떠올랐다.

"피브스." 해리가 쉰 목소리로 속삭였다. "피투성이 남작이 모습을 숨기는 데는 나름대로 이유가 있는 법이다."

피브스는 깜짝 놀라 하마터면 공중에서 떨어질 뻔했다. 피브스는 간신히 자세를 바로잡고, 계단에서 겨우 30센티미터쯤 떠서 맴돌았다.

"정말 죄송합니다, 피가 흥건하신 남작 나리." 피브스가 간드러지는 목소리로 말했다. "제 실수입니다, 제 실수요. 나리를 알아뵙질 못했습니다. 당연히 못 알아뵀지요, 나리께서 눈에 보이지 않으시니까요. 부디 이 피브스 놈의 가벼운 장난을 용서해 주세요."

"나는 여기에서 할 일이 있다, 피브스." 해리가 꺽꺽거리며 말을 이었다. "오늘 밤에는 이 근처에 오지 말라."

"그러겠습니다, 나리. 분부대로 합지요." 피브스가 공중으로 다시 날아오르며 말했다. "하시려는 일 모두 이루시길 바랍니다, 나리. 이놈은 방해하지 않겠습니다."

피브스는 신속히 자리를 떴다.

"똑똑한데, 해리!" 론이 감탄한 듯 말했다.

잠시 후 그들은 목적지인 4층 복도 바로 앞에 도착했다. 문이 이미 조금 열려 있었다.

"자, 저것 좀 봐." 해리가 나직이 말했다. "스네이프가 벌써 복슬이를 지나갔어."

문이 열린 것을 보자 세 사람 모두 뭘 맞닥뜨리게 될지 실감이 나는 것 같았다. 투명 망토 아래서 해리는 다른 두 사람을 돌아보았다.

"돌아가고 싶다면 돌아가. 원망하지 않을게." 해리가 말했다. "투명 망토 가져가도 돼. 나한텐 이제 필요 없으니까."

"멍청한 소리 하지 마." 론이 말했다.

"우리도 갈 거야." 헤르미온느가 말했다.

해리는 문을 확 밀어 젖혔다.

문이 삐걱대자 낮게 으르렁거리는 소리가 들려왔다. 복슬이는 그들을 볼 수 없는데도 코 세 개를 전부 그들이 있는 곳으로 향한 채 미친 듯이 킁킁거렸다.

"발밑에 있는 게 뭐지?" 헤르미온느가 속삭였다.

"하프 같은데." 론이 말했다. "스네이프가 저기에 두고 갔나 봐."

"연주를 멈추면 바로 깨어날 거야." 해리가 말했다. "자, 시작한다⋯⋯."

해리는 해그리드가 준 피리를 입에 대고 불었다. 사실 음악이라고 할 만한 것도 아니었지만, 첫 음이 들리자마자 짐승의 눈이 감기기 시작했다. 해리는 거의 숨도 안 쉬고 피리를 불었다. 개의 으르렁거림이 천천히 멈췄다. 개는 비틀거리다가 무릎을 꿇었고 다음 순간 바닥에 털썩 쓰러져 순식간에 잠들어 버렸다.

"계속 불어." 론이 해리에게 경고하듯 말했다. 그들은 투명 망토를 슬쩍 벗은 다음 바닥에 난 문으로 살금살금 다가갔다. 거대한 머리 가까이 가자 뜨겁고 냄새 나는 숨결이 느껴졌다.

"문을 잡아당기면 열릴 거야." 론이 개의 등 너머를 바라다보며 말했다. "너 먼저 갈래, 헤르미온느?"

"아니, 싫어!"

"알겠어." 론은 이를 악물고 조심스럽게 개의 다리를 넘어갔다. 론이 허리를 숙이고 문고리를 잡아당기자 문은 위쪽으로 홱 열렸다.

"뭐가 보여?" 헤르미온느가 불안한 듯 물었다.

"아무것도 안 보여……. 그저 새카매. 내려가는 길이 없어. 그냥 뛰어내려야 할 것 같아."

그때까지도 피리를 불고 있던 해리가 손을 흔들어 론의

주의를 끌며 자신을 가리켰다.

"네가 먼저 가겠다고? 정말이야?" 론이 말했다. "얼마나 깊은지 모르겠어. 피리는 헤르미온느한테 넘겨. 저 개를 계속 재워야 하니까."

해리가 피리를 넘겨주었다. 겨우 몇 초의 정적이 흐르는 사이 개는 으르렁대며 움찔거렸지만, 헤르미온느가 피리를 불기 시작하자 다시 깊은 잠에 빠져들었다.

해리는 개를 타 넘어가서 문 아래를 내려다보았다. 바닥이 있을 것 같지도 않았다.

해리는 구멍으로 들어가 손가락 끝으로 간신히 매달렸다. 그런 다음 론을 올려다보며 말했다. "만약 나한테 무슨 일이 생기면, 따라오지 마. 바로 부엉이장으로 가서 덤블도어 교수님한테 헤드위그를 보내. 알았지?"

"알았어." 론이 말했다.

"좀 이따 보자, 꼭……."

그리고 해리는 손을 놓았다. 차갑고 축축한 공기를 뚫고 해리는 아래로, 아래로, 아래로 떨어져 내렸다…….

털썩. 희한하게도 희미한 쿵 소리와 함께 해리는 뭔가 부드러운 것 위에 내려앉았다. 아직 눈이 어둠에 익숙해지지 않았으므로 해리는 똑바로 앉아 주위를 더듬거렸다. 꼭 어떤 식물 비슷한 것 위에 앉아 있는 것 같았다.

"괜찮아!" 해리는 우표 크기의 빛 조각처럼 보이는 열린 문을 향해 소리쳤다. "바닥이 푹신푹신해. 뛰어내려도 돼!"

론이 곧바로 따라왔다. 그는 팔다리를 뻗은 채 해리 옆에 떨어졌다.

"이건 뭐야?" 론이 처음으로 한 말이었다.

"몰라, 무슨 식물 같은데. 떨어질 때 충격을 막으려고 여기에 둔 것 같아. 빨리 와, 헤르미온느!"

멀리서 들리던 음악 소리가 멈췄다. 개 짖는 소리가 요란하게 들려왔지만 헤르미온느는 이미 뛰어내린 뒤였다. 헤르미온느는 해리의 맞은편에 떨어졌다.

"학교에서 몇 킬로미터는 내려왔나 봐." 헤르미온느가 말했다.

"이런 식물이 여기 있어서 다행이다, 정말." 론이 말했다.

"*다행이라고!*" 헤르미온느가 새된 비명을 질렀다. "너희 둘 다 몸을 좀 봐!"

헤르미온느가 벌떡 일어나더니 기를 쓰고 축축한 벽으로 향했다. 떨어진 순간 그 식물이 뱀 같은 덩굴손으로 헤르미온느의 발목을 휘감기 시작했던 것이다. 해리와 론은 눈치

챌 새도 없이 이미 다리가 기다란 덩굴로 꽉 묶여 버렸다.

헤르미온느는 식물에게 꼼짝없이 붙잡히기 직전에야 간신히 풀려났다. 그녀는 이제 겁에 질린 눈으로 두 소년이 그 식물에게서 벗어나려고 발버둥치는 모습을 지켜보고 있었다. 하지만 해리와 론이 저항할수록 식물은 더 단단하고 더 빠르게 그들을 휘감았다.

"움직이지 마!" 헤르미온느가 소리쳤다. "나 이거 뭔지 알아. 악마의 덫이야!"

"아, 그래, 이 식물의 이름을 알게 돼서 정말로 기쁘다. 엄청나게 도움이 되네." 론이 몸을 뒤로 젖힌 채 목을 휘감으려는 식물을 막으려고 애쓰며 씩씩거렸다.

"조용히 좀 해, 없애는 방법을 떠올리려는 중이니까!" 헤르미온느가 말했다.

"그럼 좀 서둘러 줘. 숨을 못 쉬겠거든!" 해리가 가슴을 휘감은 식물과 몸싸움을 하며 헐떡거렸다.

"악마의 덫, 악마의 덫…… 스프라우트 교수님이 뭐라고 했더라? 어둡고 습한 곳을 좋아하고……."

"그럼 불을 피워!" 해리가 숨 막히는 듯 소리쳤다.

"그래…… 당연히 불을 피워야지. 근데 장작이 없잖아!" 헤르미온느가 양손을 꽉 맞잡고 소리쳤다.

"너 정신 나갔냐?" 론이 소리쳤다. "네가 마법사 아니면 뭔데?"

"아, 맞다!" 헤르미온느가 지팡이를 홱 꺼내 휘두르며 무언가를 중얼거리자, 스네이프에게 썼던 것과 같은 푸른색 불꽃이 식물을 향해 튀어나갔다. 잠시 후 두 소년은 식물이 빛과 온기를 피해 움츠러들면서 덩굴손이 느슨하게 풀어지는 것을 느꼈다. 악마의 덫이 꿈지럭거리고 마구 몸을 비틀며 저절로 떨어진 뒤에야 해리와 론은 풀려날 수 있었다.

"네가 약초학 수업을 잘 들어 둬서 다행이다, 헤르미온느." 해리가 얼굴에 맺힌 땀을 닦으며 헤르미온느가 서 있는 벽 쪽으로 가면서 말했다.

"그러게." 론이 말했다. "그리고 위기 상황에서 해리가 제정신을 지킨 것도 다행이고. '장작이 없잖아'라니, 진짜 무슨."

"이쪽이야." 해리가 돌로 된 통로를 가리켰다. 앞으로 나아가는 유일한 길이었다.

세 사람이 내는 발소리를 빼면 물방울이 벽을 타고 부드럽게 똑똑 흐르는 소리만 들려올 뿐이었다. 통로는 밑으로 경사져 있었다. 해리는 그린고츠를 떠올렸다. 심장이 불쾌하게 철렁하면서, 용들이 마법사 은행의 금고를 지키고 있다는 얘기가 떠올랐다. 용, 그것도 다 자란 용을 만나기라도 하면…… 노버트만 해도 충분히 힘들었는데…….

"무슨 소리 안 들려?" 론이 속삭였다.

해리는 귀를 기울였다. 머리 위에서 뭔가 부드럽게 바스락거리고 딸랑거리는 소리가 들려오는 것 같았다.

"유령일까?"

"모르겠어……. 날갯짓하는 소리 같은데."

"앞에 불빛이 있어. 뭐가 움직이는 게 보인다."

그들이 통로 끝에 다다르자 찬란하게 불이 밝혀진 방이 나타났다. 그 방의 천장은 머리 위 저 높은 곳에서 아치를 이루고 있었다. 방에는 보석처럼 빛나는 작은 새들이 가득했고 새들은 온 방 안을 파닥거리고 날아다니며 공중제비를 돌고 있었다. 맞은편에는 육중한 나무 문이 있었다.

"우리가 지나가면 저 새들이 공격할까?" 론이 물었다.

"그럴지도 몰라." 해리가 말했다. "그렇게 사나워 보이지는 않지만, 한꺼번에 달려들면…… 뭐, 어쩔 수 없지. 난 뛰어갈게."

해리는 심호흡을 한 다음 양팔로 얼굴을 가리고 전속력으로 방을 가로질렀다. 뾰족한 부리와 발톱이 당장에라도 자신을 쥐어뜯을 거라고 생각했지만 아무 일도 일어나지 않았다. 해리는 아무런 상처도 입지 않고 문에 도착했다. 손잡이를 당겼지만 문은 잠겨 있었다.

론과 헤르미온느도 해리를 따라왔다. 그들이 아무리 당기고 밀어도 문은 꼼짝도 하지 않았다. 헤르미온느가 알로호모라를 걸어도 마찬가지였다.

"이제 어쩌지?" 론이 물었다.

"이 새들 말이야…… 그냥 장식용으로 여기 있을 리는 없잖아." 헤르미온느가 말했다.

셋은 새들을 바라보았다. 머리 위를 날아다니며 반짝거리는…… 반짝거리는?

"저건 새가 아니야!" 해리가 돌연 소리쳤다. "저건 열쇠야! 날개 달린 열쇠 말이야. 자세히 봐. 그렇다는 얘기는……." 해리는 론과 헤르미온느가 눈을 가늘게 뜨고 열쇠 무리를 바라보는 동안 방을 둘러보았다. "……그래, 저것 봐! 빗자루야! 저 문을 여는 열쇠를 잡아야 해!"

"하지만 열쇠가 수백 개는 되잖아!"

론은 문에 달린 자물쇠를 자세히 살폈다.

"우리가 찾아야 하는 건 커다란 구식 열쇠야. 어쩌면 이 문손잡이처럼 은으로 되어 있을지도 몰라."

그들은 각자 빗자루를 하나씩 붙잡은 다음 땅을 박차고

날아올라 열쇠 무더기 한가운데로 뛰어들었다. 마구 움켜쥐고 낚아챘지만 마법에 걸린 열쇠들이 쏜살같이 날아가고 급강하하는 바람에 하나를 잡는 것도 거의 불가능했다.

하지만 해리가 100년 만의 최연소 수색꾼이 된 데는 다 이유가 있었다. 그는 다른 사람들의 눈에 띄지 않는 것을 빠르게 찾아내는 재주를 갖고 있었다. 무지개색 깃털의 소용돌이를 1분 정도 누비고 다닌 끝에 해리는 커다란 은빛 열쇠를 발견했다. 누군가가 벌써 잡아서 열쇠 구멍에 거칠게 쑤셔 넣었던 듯 날개가 구부러져 있었다.

"저거다!" 해리가 두 사람에게 소리쳤다. "저기 큰 거, 저기, 아니, 거기 말고. 밝은 파란색 날개 달린 것 말이야. 깃털이 온통 한쪽으로 쏠려 있는 것."

론은 해리가 가리키는 방향으로 속도를 냈다가 천장에 부딪히는 바람에 하마터면 빗자루에서 떨어질 뻔했다.

"포위하면서 접근해야 돼!" 해리가 날개를 다친 열쇠에서 시선을 떼지 않고 소리쳤다. "론, 너는 위에서 내려와. 헤르미온느, 아래쪽에서 열쇠가 밑으로 도망가지 못하게 해. 내가 잡아 볼게. 좋아, **지금이야!**"

론은 급강하했고 헤르미온느는 빠르게 솟구쳤다. 열쇠는 두 사람을 모두 피했으나 해리가 그 뒤를 쏜살같이 쫓았다.

열쇠가 벽을 향해 속력을 내자 해리는 몸을 앞으로 기울이더니 와작 하는 듣기 싫은 소리와 함께 한 손으로 열쇠를 꼼짝 못 하게 돌벽에 짓눌렀다. 론과 헤르미온느의 환호성이 천장 높이 메아리쳤다.

그들은 재빨리 바닥에 내려섰다. 해리는 손에서 버둥거리는 열쇠를 들고 문으로 달려갔다. 열쇠를 자물쇠에 꽂아 넣고 힘을 주자 금방 돌아갔다. 자물쇠가 딸까닥 열리고 열쇠는 다시 날아올랐다. 두 번이나 잡힌 지금 열쇠는 매우 지쳐 보였다.

"준비됐지?" 해리가 문고리에 손을 올린 채 헤르미온느와 론에게 물었다. 그들은 고개를 끄덕였다. 해리는 문을 잡아당겼다.

다음 방은 너무 어두워서 아무것도 보이지 않았다. 하지만 안으로 들어서자 갑자기 빛이 쏟아져 들어와 방을 채우더니 놀라운 광경이 드러났다.

그들은 거대한 체스판 가장자리, 검은색 체스 말 뒤에 서 있었다. 체스 말들은 하나같이 그들보다 키가 컸고 검은색 돌 같은 것을 깎아 만들어져 있었다. 저 맞은편에서 세 사람을 마주 보고 있는 것은 하얀 말이었다. 해리, 론, 헤르미온느는 살짝 몸을 떨었다. 우뚝 서 있는 하얀색 체스 말에는 얼굴이 없었다.

"이제 뭘 해야 되지?" 해리가 속삭였다.

"뻔하잖아?" 론이 말했다. "방 건너편으로 가려면 체스를 둬야 하는 거야."

하얀 말 뒤쪽에 또 다른 문이 보였다.

"어떻게?" 헤르미온느가 초조하게 물었다.

"내 생각엔" 하고, 론이 말했다. "우리가 직접 체스 말이 되어야 하는 것 같아."

론이 검은색 나이트에게로 걸어가 기사가 타고 있는 말에 손을 댔다. 그 순간 돌이 번쩍 살아났다. 말은 발로 땅을 긁었고, 기사는 투구를 쓴 머리를 돌려 론을 내려다보았다.

"여길 지나가려면…… 어…… 우리가 이 팀에 들어가야 하나요?"

검은색 나이트가 고개를 끄덕였다. 론은 두 사람을 돌아보았다.

"이거 생각 좀 해 봐야겠는데……." 론이 말했다. "우리가 검은색 체스 말 세 개를 골라서 대신 들어가야 하는 것 같아."

해리와 헤르미온느는 론이 생각에 잠긴 모습을 조용히 지켜보았다. 마침내 론이 입을 열었다. "자, 기분 나쁘게 생각하거나 그러진 마. 너희는 체스를 그렇게 잘 두진 못하니까……."

"기분 나쁘지 않아." 해리가 얼른 말했다. "우리가 뭘 해야 하는지 말만 해."

"음, 해리, 너는 저 비숍 자리로 들어가. 그리고 헤르미온느, 너는 저 룩 대신 들어가는 거야."

"너는?"

"나는 나이트가 될 거야." 론이 말했다.

그들의 대화를 듣고 있었는지 나이트 하나, 비숍 하나, 룩 하나가 하얀 말에게서 등을 돌려 체스판 밖으로 걸어 나갔다. 해리, 론, 헤르미온느가 각각 들어갈 빈칸 세 개가 생겼다.

"체스에서는 항상 하얀 말이 먼저 시작해." 론이 체스판 건너편을 바라보며 말했다. "그렇지……. 저것 봐."

하얀색 폰이 앞으로 두 칸 움직였다.

론이 검은 말들을 지휘하기 시작했다. 검은 말들은 론이 어디로 보내든 말없이 움직였다. 해리는 무릎이 떨리는 것을 느꼈다. 여기에서 지면 어떡하지?

"해리, 오른쪽 대각선으로 네 칸 움직여."

다른 검은색 나이트 하나가 잡혔을 때 그들은 처음으로

큰 충격을 받았다. 하얀색 퀸이 검은색 나이트를 강타해 바닥으로 쓰러뜨리더니, 그 자리에 가만히 엎어져 있는 나이트를 체스판 밖으로 질질 끌고 나간 것이다.

"어쩔 수 없었어." 그렇게 말하는 론은 자신감을 잃은 듯 보였다. "그러면 네가 저 비숍을 잡을 수 있어, 헤르미온느. 어서."

검은 말이 하나하나 잡힐 때마다 하얀 말들은 조금도 자비를 보이지 않았다. 머잖아 벽을 따라 축 늘어진 검은 말이 한 더미나 되었다. 론은 두 번이나 해리와 헤르미온느가 위험에 처하기 직전에 그 사실을 알아차렸다. 론은 직접 체스판 여기저기를 뛰어다니면서, 잃어버린 검은 말만큼 많은 수의 하얀 말을 잡았다.

"거의 다 왔어." 론이 문득 중얼거렸다. "어디 보자……."

하얀색 퀸이 텅 빈 얼굴을 론 쪽으로 돌렸다.

"그래……." 론이 조용히 말했다. "이 방법밖에 없어. ……내가 잡혀야 돼."

"**안 돼!**" 해리와 헤르미온느가 소리쳤다.

"체스는 원래 그런 거야!" 론이 단호하게 말했다. "희생을 감수해야 한다고! 내가 움직이면 퀸이 나를 잡겠지. 그러면 네가 체크메이트를 외칠 수 있어, 해리!"

"하지만……."

"스네이프를 막고 싶긴 한 거야?"

"론……."

"야, 서둘러야 한다니까. 스네이프가 벌써 돌을 챙겨 갔을지도 몰라!"

그 말에 더 할 말이 없었다.

"준비됐지?" 론이 소리쳤다. 창백하지만 결의에 찬 얼굴이었다. "자, 간다……. 아 그리고, 이기면 뒤돌아보지 마."

론이 앞으로 발을 내딛자 하얀색 퀸이 달려들었다. 퀸이 돌로 된 팔을 휘둘러 론의 머리를 강하게 후려치자 론은 바닥으로 쓰러졌다. 헤르미온느는 비명을 지르면서도 자기 칸에서 벗어나지 않았다. 하얀색 퀸이 론을 한쪽으로 질질 끌고 갔다. 론은 정신을 잃은 듯했다.

해리는 부들부들 떨면서 왼쪽으로 세 칸을 이동했다.

하얀색 킹이 왕관을 벗어 해리의 발 앞에 던졌다. 이긴 것이다. 체스 말들이 양쪽으로 벌려 서서 허리를 숙이며 앞쪽 문으로 향하는 길을 내주었다. 해리와 헤르미온느는 마지막으로 한 번 론을 안타깝게 돌아본 후 그대로 돌진해서 문을 지나 다음 통로에 접어들었다.

"설마 론이……."

"괜찮을 거야." 해리는 마음을 다잡으려 애쓰며 말했다. "다음엔 뭘까?"

"스프라우트 교수님의 장치는 지났어. 악마의 덫 말이야. 열쇠에 마법을 건 건 분명 플리트윅 교수님일 거고. 맥고나걸 교수님은 체스 말에 변환 마법을 걸어서 살아 움직이게 만들었을 거야. 그러면 퀴럴 교수님의 주문이랑, 스네이프 것만 남는데……."

둘은 또 다른 문에 도착했다.

"괜찮아?" 해리가 속삭였다.

"열어."

해리가 문을 열었다.

역겨운 냄새가 훅 끼치자 그들은 로브 자락을 들어 올려 코를 막았다. 그들은 눈물이 고인 눈으로, 전에 맞붙었던 것보다 훨씬 큰 트롤이 머리에 피투성이 혹을 달고 앞에 쓰러져 있는 것을 보았다.

"저놈이랑 싸우지 않아도 돼서 다행이다." 해리가 트롤의 거대한 한쪽 다리를 조심스레 넘어가면서 속삭였다. "빨리 가자. 숨을 못 쉬겠어."

해리는 다음 문을 열었다. 이번엔 또 뭐가 나올지 둘 다 감히 쳐다보지 못했다. 하지만 무서운 건 전혀 없었고, 서로 다른 모양의 유리병 일곱 개가 탁자에 나란히 놓여 있을 뿐이었다.

"스네이프 거야." 해리가 말했다. "뭘 해야 하지?"

해리와 헤르미온느가 안으로 들어서자마자 문간에서 불길이 치솟았다. 그것은 평범한 불이 아니었다. 보라색이었던 것이다. 동시에, 앞으로 이어지는 문간에서도 검은 화염이 치솟았다. 그들은 갇히고 말았다.

"봐!" 헤르미온느가 유리병 옆에 놓여 있는 종이 두루마리를 잡아챘다. 해리는 헤르미온느의 어깨 너머로 그것을 읽었다.

안전을 뒤로한 그대 앞에 위험이 가로놓여 있도다.

그대가 어느 것을 찾더라도 우리 가운데 둘은 그대에게 도움이 되리라.

우리 일곱 중 하나는 그대가 앞으로 나아가도록 도울 것이며,

다른 하나는 마시는 자를 뒤로 옮겨 놓으리라.

우리 중 둘에는 쐐기풀 와인이 들어 있고

우리 중 셋은 이 대열에 숨어 있는 살인자로다.

선택하라, 그대가 이곳에 영원히 머물고 싶지 않다면

선택을 돕기 위하여 이 네 가지 단서를 주겠노라.

첫째, 아무리 교활하게 숨어 있다 해도
쐐기풀 와인의 왼쪽에서는 항상 독약을 찾게 되리라.
둘째, 양 끝에 서 있는 자들은 서로 다르나,
앞으로 나아가고 싶다면 둘 중 어느 쪽도 그대의 벗은 아니다.
셋째, 분명하게 보이는 것처럼 병은 크기가 다 다르다.
난쟁이도 거인도 그 안에 죽음을 담고 있지 않다.
넷째, 왼쪽 두 번째 것과 오른쪽 두 번째 것은
언뜻 보기에 다를지라도 일단 맛보면 쌍둥이임을 알게 되리라.

헤르미온느가 크게 한숨을 내쉬더니 살며시 미소를 머금었다. 해리는 그 모습을 보고 깜짝 놀랐다. 이런 상황에서 웃을 수 있다니 해리는 결코 할 수 없는 행동이었다.

"멋진데." 헤르미온느가 말했다. "이건 마법이 아니라 논리야. 퍼즐 말이야. 위대한 마법사 중에도 논리 한 토막 모르는 사람이 꽤 많아. 그 사람들은 여기에 영영 갇히고 말았을 거야."

"근데 우리도 그렇게 되는 거 아냐?"

"당연히 아니지." 헤르미온느가 말했다. "필요한 단서는 전부 이 종이에 적혀 있어. 병이 일곱 개인데, 그중 셋은 독약이고 둘은 와인이야. 하나는 검은색 불길을 무사히 지나

가게 해 줄 거고, 하나는 뒤쪽의 보라색 불길을 지나가게
해 줄 거야."

"근데 어느 걸 마셔야 하는지 어떻게 알아?"

"잠깐만 기다려 봐."

헤르미온느는 종이를 몇 번이고 다시 읽더니 줄지어 선
유리병 앞을 왔다 갔다 하기도 하고 혼자 무언가 중얼거리
면서 손으로 병들을 가리키기도 했다. 마침내, 헤르미온느
가 손뼉을 쳤다.

"알았다." 헤르미온느가 말했다. "가장 작은 병에 들어 있
는 게 검은색 불길을 뚫고 가게 해 주는 약이야. 돌이 있는
곳으로 말이야."

해리는 그 작은 유리병을 바라보았다.

"우리 중 한 명만 마실 수 있는 양이네." 해리가 말했다.
"한 모금도 안 돼."

둘은 서로를 바라보았다.

"보라색 불길을 뚫고 지나가게 해 주는 약은 어떤 거야?"

헤르미온느는 오른쪽 끝에 있는 둥근 유리병을 가리켰다.

"네가 저걸 마셔." 해리가 말했다. "아니, 들어 봐. 돌아
가서 론을 데리고 날아다니는 열쇠가 있는 방에서 빗자루
를 가져가. 그러면 뚜껑문으로 나가서 복슬이를 지나갈 수

있을 거야. 그리고 곧장 부엉이장으로 가서 덤블도어 교수 님한테 헤드위그를 보내. 지금은 덤블도어 교수님이 필요 하니까. 내가 잠깐 동안은 스네이프를 막을 수 있을지 몰라 도, 솔직히 상대가 안 되잖아."

"하지만 해리…… '그 사람'이 스네이프랑 같이 있으면 어쩌려고?"

"뭐, 난 한 번 운이 좋았던 적이 있잖아?" 해리가 흉터를 가리키며 말했다. "또 운이 좋을 수도 있지."

헤르미온느의 입술이 파들파들 떨렸다. 그녀가 갑자기 달려들어 해리를 양팔로 꽉 끌어안았다.

"헤르미온느!"

"해리…… 넌 정말 훌륭한 마법사야."

"너만큼은 아냐." 헤르미온느가 놓아주자 해리는 매우 당황해서 말했다.

"내가?" 헤르미온느가 말했다. "그깟 책이 다 뭐라고! 좀 똑똑한 게 뭐! 훨씬 중요한 것들이 있잖아. 우정과 용기 와…… 아, 해리, 조심해야 해!"

"너 먼저 마셔." 해리가 말했다. "뭐가 뭔지 확실히 알잖 아. 안 그래?"

"당연하지." 헤르미온느는 그렇게 말하고 맨 끝에 있는 둥근 유리병에 들어 있는 약을 마시더니 몸서리를 쳤다.

"독은 아니지?" 해리가 걱정스럽게 물었다.

"아냐……. 근데 얼음처럼 차."

"빨리. 어서 가, 약효가 떨어지기 전에."

"행운을 빌어. 몸조심하고……."

"가!"

헤르미온느는 몸을 돌려 보라색 불길 너머로 곧장 나아갔다.

해리는 심호흡을 한 뒤 가장 작은 병을 집어 들고 몸을 돌려 검은 불길을 마주 보았다.

"자, 간다." 해리는 그렇게 말하고 작은 병의 약을 한 번에 삼켰다.

정말로 얼음이 몸을 덮쳐 오는 기분이었다. 해리는 유리병을 내려놓고 앞으로 걸어갔다. 마음을 다잡고 검은색 불길이 그의 몸을 핥는 것을 봤지만 아무런 느낌도 들지 않았다. 잠깐 동안 해리의 눈에는 어두운 불길 말고 아무것노 보이지 않았다. 다음 순간 그는 건너편 마지막 방에 와 있었다.

그곳에는 이미 다른 사람이 있었다. 그러나 그 사람은 스네이프가 아니었다. 볼드모트도 아니었다.

17장
두 얼굴을 가진 남자

그 사람은 퀴럴이었다.

"*당신은!*" 해리는 숨을 헉 들이켰다.

퀴럴이 미소 지었다. 그의 얼굴은 움찔거리지도 않았다.

"그래, 나다." 퀴럴이 덤덤하게 말했다. "여기에서 널 만나게 될지 궁금했다, 포터."

"하지만 저는…… 스네이프 교수가……."

"세베루스?" 퀴럴이 웃음을 터뜨렸다. 평소처럼 부들부들 떠는 새된 소리가 아닌, 차갑고 날카로운 웃음소리였다. "그래, 세베루스가 이런 일을 할 것처럼 보이기는 하지. 안 그러냐? 그자가 꼴사나운 박쥐처럼 달려들게 한 것이 꽤 유용했어. 스네이프가 옆에 있는데 누가 부, 부, 불쌍한 마,

마, 말더듬이 퀴, 퀴럴 교수를 의심하겠니?"

해리는 이해할 수 없었다. 이것이 진실일 리 없었다. 절대로.

"하지만 스네이프는 저를 죽이려고 했어요!"

"아니, 아니, 아니지. 널 죽이려고 했던 건 나야. 그때 퀴디치 시합에서 네 친구 그레인저 양이 스네이프에게 불을 붙이려고 달려가다가 우연히 나를 쳐서 넘어뜨리고 말았지. 걔 때문에 나는 너한테서 눈을 뗄 수밖에 없었어. 몇 초만 더 있었으면 너를 빗자루에서 떨어뜨릴 수 있었는데. 스네이프가 너를 구하겠다고 저주 해제 마법을 중얼대지만 않았다면 진작에 해치웠겠지."

"스네이프가 저를 구하려고 했다고요?"

"물론이다." 퀴럴이 싸늘하게 말했다. "스네이프가 네 다음번 퀴디치 시합에서 심판을 보고 싶어 한 이유가 뭐였을 것 같으냐? 내가 똑같은 짓을 다시 못하도록 하려고 그랬던 거야. 사실은 우스운 일이지……. 스네이프가 굳이 신경 쓸 필요도 없었으니까. 덤블도어가 보고 있어서 아무것도 할 수 없었거든. 다른 교수들은 모두 스네이프가 그리핀도르의 승리를 막으려는 거라고 생각했겠지만. 어쩌다 그렇게 인심을 잃었는지……. 게다가 그게 웬 시간 낭비야. 그렇게 온갖 수고를 들였어도 결국 오늘 밤 내가 너를 죽이게 됐는데 말이다."

퀴럴이 손가락을 딱 튕겼다. 허공에서 밧줄이 튀어나오더니 해리를 꽉 묶었다.

"넌 살려 두기엔 너무 오지랖이 넓어, 포터. 핼러윈 날에 그렇게 학교를 빨빨거리며 돌아다니다니. 난 네가 돌을 지키는 장치들을 확인하러 가던 나를 봤다는 걸 알고 있었다."

"트롤을 들여보낸 게 교수님이었어요?"

"당연하지. 나한테는 트롤을 다루는 특별한 능력이 있거든. 내가 저 뒤에 있는 트롤한테 무슨 짓을 했는지는 봤겠지? 안타깝게도 이미 나를 의심하고 있었던 스네이프는 다들 트롤을 찾겠다며 사방으로 뛰어다니는 와중에 날 앞지르려고 곧장 4층으로 갔다. 내 트롤은 너를 죽이는 데 실패했고, 그놈의 머리 셋 달린 개도 스네이프의 다리를 제대로 물어뜯지 못했지. 이제 조용히 기다려라, 포터. 이 흥미로운 거울을 좀 살펴봐야겠으니까."

그제야 해리는 퀴럴 뒤에 서 있는 게 무엇인지 깨달았다. 다름 아닌 소망의 거울이었다.

"이 거울이 돌을 찾는 열쇠야." 퀴럴이 거울 테두리를 손가락으로 톡톡 두드리며 중얼거렸다. "이런 것을 생각해

내는 데는 역시 덤블도어를 따라갈 자가 없지. 하지만 덤블도어는 지금 런던에 있다……. 그자가 돌아올 때쯤이면 나는 이미 멀리 도망쳤을 테고…….”

해리는 자기가 할 수 있는 일이 퀴럴에게 계속 말을 걸어 거울에 집중하지 못하게 하는 것뿐이라고 생각했다.

“교수님이 스네이프랑 같이 금지된 숲에 있는 걸 봤어요.” 해리가 얼른 내뱉었다.

“그래.” 퀴럴이 거울 뒤를 보려고 돌아가면서 느긋하게 말했다. “그때쯤 스네이프는 내가 뭘 하려는지 알고 있었고, 일이 어느 정도까지 진전됐는지 알고 싶어 했지. 스네이프는 내내 나를 의심했어. 나를 겁주려고 했지. 볼드모트 경께서 내 편에 계신데, 그럴 수 있을 줄 알았다면 오산이지만…….”

퀴럴은 거울 뒤에서 나와 굶주린 눈으로 거울을 뚫어지게 바라보았다.

“돌이 보인다……. 내가 주인님께 바치고 있군. ……그런데 대체 어디 있는 거지?”

해리는 풀려나려고 몸부림쳤지만 밧줄은 꿈쩍도 하지 않았다. 퀴럴이 거울에 온전히 정신을 집중하지 못하게 해야 했다.

"하지만 스네이프는 언제나 절 엄청 싫어하는 것 같았어요."

"아, 그야 그렇지." 퀴럴이 태연하게 말했다. "말해서 뭐해? 스네이프는 너희 아버지랑 같이 호그와트에 다녔잖아. 몰랐니? 둘은 서로를 싫어했어. 그렇다고 네가 죽길 바라진 않았지만."

"며칠 전 교수님이 흐느끼는 소리를 들었어요. 저는 스네이프가 교수님을 협박하는 거라고 생각했는데……."

처음으로 퀴럴의 얼굴에 공포의 감정이 스쳤다.

"가끔은" 하고, 퀴럴이 입을 열었다. "주인님의 지시를 따르기 힘들 때도 있지. 그분은 위대한 마법사지만 나는 나약하니까……."

"그러니까 그자가 교수님이랑 같이 그 교실에 있었다는 거예요?" 해리가 숨을 들이켰다.

"그분께서는 내가 어디를 가든 함께하신다." 퀴럴이 조용히 말했다. "세상을 두루 여행하던 중 그분을 만났지. 그때만 해도 나는 멍청한 어린애였어. 머릿속이 선과 악에 대한 온갖 우스꽝스러운 생각들로 가득한. 볼드모트 경께서는 내 생각이 얼마나 잘못됐는지 보여 주셨다. 선과 악이라는 건 없어. 그저 힘과, 힘을 추구하기에는 너무 나약한 자들이 있을 뿐이지……. 그때 이후로 나는, 여러 번 실망을 드리기도 했지만 그분께 충실히 봉사해 왔다. 그분께서는 내게 엄격하실 수밖에 없어." 퀴럴이 갑자기 몸을 떨었다. "실수를 쉽게 용서하시는 분이 아니니까. 내가 그린고츠에서 그 돌을 훔치려다 실패했을 때는 아주 언짢아하셨지. 내게 벌을 내리셨고…… 나를 좀 더 가까운 곳에서 지켜봐야겠다고 판단하셨다……."

퀴럴의 목소리가 점점 작아졌다. 해리는 다이애건 앨리로의 짧은 여행을 떠올렸다. 어떻게 여태껏 몰랐을까? 바로 그날 해리는 퀴럴을 만났고, 리키 콜드런에서 악수까지 했다.

퀴럴은 숨을 죽이고 욕설을 내뱉었다.

"이해를 못 하겠군……. 돌이 거울 안에 있는 건가? 깨버려야 하나?"

해리의 머릿속에 여러 가지 생각이 스쳐 갔다.

'지금 이 순간 내가 세상에서 가장 바라는 건 퀴럴보다 먼저 그 돌을 찾는 거야.' 해리는 생각했다. '그러니까 거울을 보면, 내가 돌을 찾아내는 모습이 보이겠지. 그건 바로 돌이 어디에 숨겨져 있는지 알게 될 거란 뜻이야! 근데 어떻게 해야 퀴럴에게 들키지 않고 거울을 볼 수 있을까?'

해리는 퀴럴의 눈에 띄지 않고 거울 앞으로 가기 위해 왼쪽으로 조금씩 움직이려 했지만, 발목이 밧줄로 너무 꽉 묶여 있는 탓에 결국 발이 꼬여 넘어지고 말았다. 퀴럴은 그런 해리를 무시했다. 그는 여전히 혼잣말을 하고 있었다.

"이 거울은 어떤 역할을 하는 거지? 어떻게 작동하는 거야? 도와주십시오, 주인님!"

그러자 섬뜩하게도 어떤 목소리가 대답했다. 퀴럴 자신에게서 들려오는 목소리 같았다.

"저 아이를 이용해라……. 저 애를 이용해……."

퀴럴은 몸을 돌려 해리를 바라보았다.

"그래…… 포터…… 이리 와라."

퀴럴이 손뼉을 치자 해리를 묶고 있던 밧줄이 떨어져 나갔다. 해리는 천천히 일어섰다.

"이리 와." 퀴럴이 다시 말했다. "거울을 들여다보고 뭐가 보이는지 말해."

해리는 퀴럴 쪽으로 걸어갔다.

'거짓말을 해야 해.' 해리는 절박하게 생각했다. '거울에 뭐가 보이는지 거짓말해야 해. 그러면 돼.'

퀴럴이 해리의 뒤를 바짝 따랐다. 해리는 퀴럴의 터번에서 나는 것 같은 이상한 냄새를 맡았다. 해리는 눈을 감고 거울 앞으로 다가선 다음 다시 눈을 떴다.

해리는 거울에 비친 자신의 모습을 보았다. 처음에는 창백하고 겁에 질린 모습이었다. 하지만 잠시 후, 거울 속 해리가 미소 지었다. 그가 주머니에 손을 집어넣어 피처럼 빨간 돌을 꺼냈다. 거울 속 해리가 눈을 찡긋하더니 돌을 다시 주머니에 넣었다. 그 순간, 해리는 뭔가 묵직한 것이 실제로 주머니 속에 툭 떨어지는 느낌을 받았다. 어떻게 된 일인지, 믿을 수 없게도, 해리가 마법사의 돌을 갖게 되었다.

"자." 퀴럴이 재촉하듯 물었다. "뭐가 보이냐?"

해리는 용기를 끌어 올렸다.

"덤블도어 교수님이랑 악수하는 제 모습이 보여요." 해리는 말을 지어냈다. "제가…… 제가 그리핀도르 기숙사 우승컵을 따냈어요."

퀴럴이 다시 욕설을 내뱉었다.

"비켜." 퀴럴이 말했다. 옆으로 움직일 때 해리는 마법사의 돌이 다리에 부딪치는 것을 느꼈다. 감히 달아날 수 있을까?

하지만 채 다섯 걸음도 떼기 전에 새된 목소리가 말했다. 물론 퀴럴은 입술도 움직이지 않았다.

"거짓말이다……. 거짓말이야……."

"포터, 이리 돌아와!" 퀴럴이 소리쳤다. "사실을 말해라! 방금 뭘 봤지?"

높은 목소리가 다시 말했다.

"내가 이야기하겠다……. 얼굴을 맞대고……."

"주인님, 아직 힘이 충분하지 않으십니다!"

"이 정도는…… 충분하다……."

해리는 악마의 덫이 그를 그 자리에 꼼짝없이 붙들어 두는 것 같은 기분을 느꼈다. 손가락 하나 움직일 수 없었다. 돌처럼 굳은 채, 그는 퀴럴이 다가와 터번을 풀기 시작하는 모습을 보았다. 무슨 일이 벌어지고 있는 걸까? 터번이 떨어져 내렸다. 터번을 벗은 퀴럴의 머리는 이상하리만큼 작았다. 퀴럴이 그 자리에서 천천히 몸을 돌렸다.

해리는 비명을 지를 뻔했으나 아무런 소리도 낼 수 없었다. 퀴럴의 뒤통수였어야 할 곳에, 해리가 여태껏 본 어떤 얼굴보다도 끔찍한 얼굴이 있었던 것이다. 분필처럼 하얀 얼굴에서 빨간 눈이 이글거렸다. 콧구멍이 있어야 할 자리에는 마치 뱀처럼 가늘게 찢어진 구멍이 있었다.

"해리 포터……." 그것이 속삭였다.

해리는 물러서려 했지만 꼼짝할 수 없었다.

"내가 어떤 꼴이 됐는지 보이느냐?" 그 얼굴이 말했다. "한낱 그림자와 연기에 지나지 않게 되었다……. 오직 다른 사람의 몸을 나눠 써야만 형체를 가질 수 있게 됐지……. 하지만 나를 마음과 정신에 들이고자 하는 자들은 늘 존재했다……. 지난 몇 주 동안 나는 유니콘의 피로 강해졌다……. 너도 충직한 퀴럴이 나를 위해 금지된 숲에서 유니콘의 피를 마시는 걸 봤겠지……. 그리고 생명의 영약만 손에 넣으면, 나는 나만의 몸을 만들어 낼 수 있다……. 자…… 주머니에 들어 있는 그 돌을 내게 다오."

그러니까 이자는 알고 있었던 것이다. 갑자기 해리의 다리에 감각이 돌아왔다. 해리는 비틀거리며 뒷걸음질 쳤다.

"멍청한 짓 하지 마라." 그 얼굴이 사납게 말했다. "목숨을 부지하고 내 편이 되는 게 좋을 것이다……. 그렇지 않으면 네 부모와 똑같은 최후를 맞게 될 테니……. 네 부모는 내게 목숨을 구걸하며 죽어 갔다……."

"아니야!" 해리가 버럭 소리쳤다.

퀴럴은 볼드모트가 계속 해리를 볼 수 있도록 해리를 향해 뒷걸음질 쳤다. 사악한 그 얼굴은 이제 웃고 있었다.

"정말 감동적이군……." 그것이 쉭쉭거렸다. "나는 늘 용기를 가치 있게 여긴다……. 그래, 꼬마야. 네 부모는 용감했다……. 네 아버지를 먼저 죽였는데, 그자는 아주 용기 있게 맞서 싸웠지……. 하지만 너희 어머니는 굳이 죽을 필요가 없었다……. 괜히 너를 보호하려다가 목숨을 잃었어……. 이제 그 돌을 내놓아라. 네 어머니의 죽음조차 헛되게 만들고 싶진 않겠지?"

"절대 안 줘!"

해리는 불길이 일고 있는 문을 향해 달려갔지만 볼드모트가 소리쳤다. "잡아!" 곧 해리는 퀴럴의 손이 손목에 바짝 다가드는 것을 느꼈다. 한순간 바늘에 찔린 듯 날카로운 통증이 해리의 흉터를 관통했다. 마치 머리가 반으로 쪼개지는 듯했다. 해리는 온 힘을 다해 발버둥 치며 소리를 질렀다. 놀랍게도 퀴럴이 그를 놓아주었다. 이마의 통증이 조금 잦아들었다. 해리는 미친 듯이 주위를 둘러보며 퀴럴이 어디로 갔는지 살폈다. 고통에 몸을 구부린 채 손가락을 바라보고 있는 퀴럴이 보였다. 그의 손가락에 물집이 생기고 있었다.

"잡아! 잡으라고!" 볼드모트가 다시 소리치자 퀴럴은 앞으로 돌진해 해리에게 부딪쳐 그를 넘어뜨리고 몸 위에 올라타 두 손으로 그의 목을 잡았다. 해리는 흉터에서 느껴지는 통증 탓에 거의 눈이 멀 것 같은 와중에도 퀴럴이 고통스러워하며 울부짖는 모습을 볼 수 있었다.

"주인님, 이 아이를 잡을 수가 없습니다……. 손이……
제 손이!"

퀴럴은 양 무릎으로 해리를 바닥에 짓누른 채 그의 목을
쥐고 있던 손을 놓고 당황한 얼굴로 자기 손바닥을 들여다
보았다. 해리의 눈에도 화상을 입은 것처럼 피부가 벗겨져
빨갛게 번들거리는 두 손이 보였다.

"그럼 죽여라, 멍청한 놈! 그러면 다 끝난다!" 볼드모트
가 날카롭게 소리쳤다.

퀴럴이 치명적인 저주를 걸려고 손을 들어 올렸지만, 해
리는 본능적으로 손을 뻗어 퀴럴의 얼굴을 움켜쥐었다.

"아아아아악!"

퀴럴이 몸을 굴려 해리에게서 떨어졌다. 얼굴에도 물집
이 생기고 있었다. 해리는 깨달았다. 퀴럴은 해리의 맨살을
만질 때마다 아주 끔찍한 고통을 느끼고 있었다. 해리의 유
일한 희망은 퀴럴을 계속 붙잡고 그가 저주를 걸지 못하도
록 고통을 느끼게 만드는 것뿐이었다.

해리는 벌떡 일어나 퀴럴의 팔을 잡고 온 힘을 다해 단
단히 매달렸다. 퀴럴은 비명을 지르며 해리를 떨쳐 내려고
했다. 해리 이마의 통증도 점점 심해지고 있었다. 앞이 보

이지 않았다. 퀴럴의 끔찍한 비명과 **"죽여! 죽이라고!"** 하
는 볼드모트의 외침이 들렸다. 그리고 어쩌면 해리의 머릿
속에서만 들리는 것인지도 모르는 또 다른 목소리들이 "해
리! 해리!" 하고 소리치고 있었다.

해리는 퀴럴이 팔을 비틀어 그의 손아귀에서 빠져나가는
것을 느끼고, 모든 게 끝났음을 알았다. 그는 암흑 속으로
떨어져 내렸다. 아래로…… 아래로…… 아래로…….

황금빛 뭔가가 해리 바로 위에서 반짝였다. 스니치다! 잡
아야 하는데, 팔이 너무 무거웠다.

해리는 눈을 깜빡였다. 그건 어딜 봐도 스니치가 아니었
다. 안경이었다. 참으로 이상했다.

해리는 다시 눈을 깜빡였다. 그를 내려다보는 알버스 덤
블도어의 미소 띤 얼굴이 시야에 흐릿하게 잡혔다.

"안녕, 해리." 덤블도어가 말했다.

해리는 덤블도어를 뚫어지게 바라보았다. 그제야 기억이
났다. "교수님! 그 돌요! 퀴럴이었어요! 그자가 돌을 가져
갔어요! 교수님, 빨리……."

"진정해라, 애야. 소식이 좀 늦구나." 덤블도어가 말했
다. "퀴럴은 그 돌을 가져가지 못했단다."

"그럼 누가 가져갔나요? 교수님, 전……."

"해리, 부탁이니 진정 좀 하거라. 그러지 않으면 폼프리 선생님이 나를 쫓아낼 게다."

해리는 침을 삼키고 주위를 둘러보았다. 이제 보니 병동에 와 있는 게 틀림없었다. 해리는 하얀 시트가 깔린 침대에 누워 있었고, 옆에는 가게를 반쯤 털어 온 듯 과자가 탁자 높이 쌓여 있었다.

"네 친구들과 팬들이 보낸 우정과 존경의 표시란다." 덤블도어가 환하게 웃으며 말했다. "저 아래 지하 감옥에서 너와 퀴럴 교수 사이에 있었던 일은 철저히 비밀에 부쳤다. 즉, 비밀이란 게 늘 그렇듯, 학교 전체가 안다는 얘기지. 너한테 변기 뚜껑을 보내려던 건 네 친구 프레드와 조지 위즐리 군이었을 거라고 믿는다. 틀림없이 네가 즐거워할 거라고 생각한 게지. 하지만 폼프리 선생님이 그다지 위생적인 선물이 아닐지도 모른다며 압수해 버렸단다."

"제가 여기 얼마 동안 있었나요?"

"사흘. 네가 깨어났다는 얘기를 들으면 로널드 위즐리 군과 그레인저 양이 매우 기뻐할 게다. 무척이나 걱정했으니."

"하지만 교수님, 그 돌은……."

"이런, 도무지 다른 데 정신이 팔리지 않는구나. 그래, 돌 얘기를 해 보자. 퀴럴 교수는 너한테서 그 돌을 빼앗아 갈 수 없었단다. 내가 때마침 도착해서 막을 수 있었지. 너 혼자서도 매우 잘 해내고 있었다는 건 분명한 사실이지만 말이다."

"거기에 오셨다고요? 헤르미온느가 보낸 올빼미를 받으셨어요?"

"날아오던 중에 길이 엇갈린 모양이다. 런던에 도착하기 무섭게, 내가 있어야 할 곳은 방금 떠나온 곳이라는 게 분명해지더구나. 늦지 않게 도착한 덕분에 너한테서 퀴럴을 겨우 떼어 놓을 수 있었다."

"교수님이셨군요."

"너무 늦었을까 봐 걱정했단다."

"하마터면 늦으실 뻔했어요. 그렇게 오래 퀴럴한테서 돌을 지켜 내진 못했을⋯⋯."

"돌 얘기가 아니다, 이 녀석아. 너 말이야. 돌을 지키려다가 목숨을 잃을 뻔했잖니. 한순간 끔찍하게도 그렇게 됐을까 봐 두려웠다. 돌 얘기를 하자면, 그건 파괴됐단다."

"파괴됐다고요?" 해리가 멍하니 말했다. "하지만 교수님의 친구분은⋯⋯ 니콜라 플라멜은⋯⋯."

"아, 니콜라에 대해 아는구나?" 덤블도어가 꽤나 즐거운 목소리로 말했다. "조사를 아주 제대로 했나 보구나. 뭐, 니콜라와 나는 잠깐 수다를 떨고 나서, 돌을 파괴하는 게 최선이라는 데 의견을 모았단다."

"하지만 그건 니콜라 플라멜과 그분의 아내가 죽는다는 뜻이잖아요?"

"그들도 이것저것 정리할 시간을 벌어 줄 정도의 생명의 영약은 가지고 있단다. 그리고 그다음에는, 그래, 둘 다 죽음을 맞이하겠지."

덤블도어는 해리의 얼굴에 떠오른 놀란 표정을 보며 미소를 머금었다.

"너처럼 어린 사람에게는 믿을 수 없는 일 같겠지만, 니콜라나 페레넬한테 죽음이란 사실 아주, 아주 긴 하루를 보내고 잠드는 것과 같은 일이란다. 어쨌거나, 잘 다듬어진 정신에게는 죽음도 또 한 번의 위대한 모험이거든. 실은 말이지, 그 돌은 그렇게 훌륭한 물건이 아니란다. 돈과 생명을 원하는 만큼 얼마든지 가질 수 있다니! 대부분의 사람들이 다른 걸 모두 젖혀 놓고서라도 선택할 두 가지가 아니겠니? 문제는, 사람들이 자기 자신에게 나쁜 것을 콕 집어내는 재주를 갖고 있다는 거지."

해리는 할 말을 잃고 가만히 누워 있었다. 덤블도어는 콧노래를 살짝 흥얼거리더니 천장을 올려다보며 미소 지었다.

"교수님?" 해리가 말했다. "제가 생각해 봤는데요…… 교수님…… 돌이 사라지긴 했지만, 볼…… 그러니까, '그 사람'이……."

"볼드모트라고 부르거라, 해리. 뭔가를 부를 때는 항상 알맞은 이름을 써야지. 이름을 두려워하면, 그것 자체에 대한 두려움도 커지기 마련이다."

"네, 교수님. 그럼, 볼드모트가 또 다른 방법을 써서 돌아오려고 하지 않을까요? 제 말은, 아주 사라져 버린 건 아니잖아요. 그렇죠?"

"그래, 해리. 볼드모트는 사라지지 않았다. 여전히 저기 어딘가에서 나눠 쓸 또 다른 몸을 찾고 있겠지……. 진정으로 살아 있는 게 아니니 죽임을 당할 수도 없고 말이다. 그자는 퀴럴을 죽게 내버려 뒀다. 적들에게 그러듯 자기 추종자들에게도 자비를 보이지 않지. 해리, 이번에는 네가 그자가 힘을 되찾는 걸 잠시 늦췄지만 다음에는 또 다른 누군가가 있어야 할 거다. 질 게 뻔해 보이는 싸움이라도 기꺼이 뛰어들 누군가가 말이야. 그러면 그자의 귀환이 또 한 번 늦춰질 테고, 그렇게 계속 늦춰진다면, 글쎄, 그자도 영영 힘을 되찾지 못하겠지."

해리는 고개를 끄덕이다가 머리가 아파서 얼른 멈추고 말했다. "교수님, 몇 가지 알고 싶은 게 있는데요, 얘기해 주실 수 있을까요? 진실을 알고 싶어요……."

"진실이라." 덤블도어는 한숨을 쉬었다. "아름답고도 끔찍한 것이지. 그러므로 진실을 다룰 때는 아주 조심해야 한단다. 그래도 네 질문에는 대답하도록 하마. 대답을 피해야할 아주 분명한 이유가 있는 게 아니라면 말이다. 그럴 땐날 용서해 다오. 당연히 거짓말은 하지 않으마."

"그게…… 볼드모트가 그러더라고요. 그자가 우리 엄마를 죽인 건 그저 엄마가 저를 죽이려는 볼드모트를 막으려고 했기 때문이라고요. 그런데 볼드모트는 애초에 왜 저를 죽이고 싶어 한 걸까요?"

이번에 덤블도어는 매우 깊은 한숨을 내쉬었다.

"이런, 첫 질문부터 대답해 줄 수가 없겠구나. 적어도 오늘은 알려 줄 수 없다. 지금은 말이야. 언젠가는 너도 알게 되겠지만…… 지금은 일단 머릿속에서 그 질문을 치워놓거라, 해리. 이런 말은 듣기 싫겠지만, 좀 더 나이가 들면…… 준비가 되면, 너도 알게 될 거다."

해리는 졸라 봐야 소용없으리라는 것을 알았다.

"근데 퀴럴은 왜 저를 만질 수 없었죠?"

"네 어머니는 너를 구하려다 목숨을 잃었다. 볼드모트가 이해하지 못하는 단 한 가지가 있다면 그건 바로 사랑이야. 그자는 너희 어머니가 너에게 준 것만큼 강력한 사랑은 그 자체로 흔적을 남긴다는 것을 알지 못했다. 흉터도 아니고, 눈에 보이는 표시도 아니지만…… 그렇게 깊은 사랑을 받으면, 그 사랑을 베푼 사람이 우리를 떠난 뒤에도 어떤 보호막이 영원히 남는단다. 너의 살갗에 깃들어 있는 보호막이지. 증오와 탐욕과 야망으로 가득 차서 볼드모트와 영혼을 나눠 쓰고 있던 퀴럴은 그런 이유로 너를 만질 수 없던 거란다. 그렇게 선한 흔적이 남아 있는 사람을 만지는 게 고통스러웠던 거야."

덤블도어는 이제 바깥쪽 창틀에 앉아 있는 새에게 유독 관심을 보였고, 그사이 해리는 이불로 눈물을 닦았다. 목소리가 돌아오자 해리가 말했다. "그리고 투명 망토 말인데요…… 혹시 그걸 보낸 사람이 누군지 아세요?"

"아, 너희 아버지가 어쩌다 그 물건을 내게 맡겼단다. 네가 마음에 들어할지도 모른다고 생각했지." 덤블도어의 눈이 반짝거렸다. "세상엔 쓸모 있는 물건들이 참 많아……. 너희 아버지는 호그와트에 있을 때 주로 그 망토를 쓰고 주방에 몰래 들어가 음식을 훔치곤 했단다."

"그리고 또 여쭤 보고 싶은 건요……."

"어디 물어보거라."

"퀴럴 말로는 스네이프가……."

"스네이프 교수님이라고 해야지, 해리."

"네, 그 사람요. 퀴럴은 그 사람이 절 싫어하는 이유가 제 아버지를 싫어했기 때문이라고 했어요. 그게 정말인가요?"

"글쎄, 네 아버지와 스네이프 교수는 서로를 아주 미워했다. 너와 말포이 군의 관계하고 다르지 않았지. 그러다 너희 아버지가, 스네이프 입장에서는 결코 용서할 수 없는 일을 저지르고 말았어."

"그게 뭔데요?"

"스네이프의 목숨을 구해 주었단다."

"네?"

"그래……." 덤블도어가 꿈꾸듯 말했다. "사람들의 정신이 작동하는 방식이 참 재미있지? 스네이프 교수는 너희 아버지에게 빚을 졌다는 사실을 견딜 수가 없었단다. 올해 스네이프 교수가 너를 지켜 주려고 그토록 애쓴 것도, 그렇게 하면 너희 아버지와 비긴 셈이 될 거라는 생각 때문이었을 거라고 나는 믿는다. 그러고 나면 전처럼 편안한 마음으로 네 아버지를 미워할 수 있을 테니까……."

해리는 그 말을 이해해 보려고 했지만 머리가 아파 와서 그만두었다.

"그리고 교수님, 한 가지 더 있는데요……."

"정말로 하나뿐이냐?"

"어떻게 제가 거울에서 그 돌을 꺼낼 수 있었을까요?"

"아, 그래. 그 질문을 해 주다니 기쁘구나. 그건 내가 떠올린 기막힌 생각 중 하나였다. 단둘이 있으니까 하는 얘기지만, 정말 굉장한 발상이었지. 그러니까, 그 돌을 찾고자 하는 사람, 찾기는 하되 사용하고 싶어 하지는 않는 사람만이 그 돌을 가질 수 있는 거란다. 그렇지 않은 사람들은 금을 만들어 내거나 생명의 영약을 마시는 자신의 모습만 보게 되지. 가끔은 나도 내 머리에 놀란다니까. ……자, 질문은 그만하자꾸나. 이제 이 과자들을 먹어야 하지 않겠니? 아! 버티 보트의 모든 맛이 나는 강낭콩 젤리로구나! 어렸을 때 안타깝게도 우연히 토사물 맛이 나는 젤리를 먹었는데, 그때 이후로 이 젤리에 대한 좋은 감정이 모두 사라졌을까 봐 두려웠단다……. 하지만 이 토피 사탕처럼 보이는 건 안전하지 않을까?"

덤블도어는 미소를 지으며 금빛이 도는 갈색의 강낭콩 젤리를 입에 톡 던져 넣었다. 그러더니 목멘 소리로 말했다. "이럴 수가! 귀지 맛이야!"

양호교사인 폼프리 선생은 친절한 사람이었지만 매우 엄격하기도 했다.

"선생님, 5분만요." 해리가 애원했다.

"절대 안 돼."

"덤블도어 교수님은 들여보내 주셨잖아요⋯⋯."

"뭐, 당연히 그분은 교장 선생님이시니 전혀 다른 문제잖니. 너는 *쉬어야* 해."

"지금 쉬고 있잖아요. 보세요, 누워 있기도 하고 다 하고 있는데요. 네? 제발요, 폼프리 선생님⋯⋯."

"휴, 알겠다." 폼프리 선생은 결국 손을 들었다. "딱 5분이야."

그렇게 폼프리 선생은 론과 헤르미온느를 병동 안으로 들여보내 주었다.

"*해리!*"

헤르미온느는 해리를 다시 끌어안을 태세였지만, 아직도 머리가 많이 아팠던 해리는 헤르미온느가 알아서 멈춰 줘서 고마웠다.

"아, 해리, 우린 네가⋯⋯ 덤블도어 교수님이 너무 걱정하셔서……."

"학교 전체가 그 얘기를 하고 있어." 론이 말했다. "진짜로 무슨 일이 있었던 거야?"

가끔은 실제 이야기가 떠도는 소문보다도 기이하고 흥미진진할 때가 있는데, 이번이 바로 그랬다. 해리는 두 사람에게 모든 것을 이야기해 주었다. 퀴럴, 거울, 마법사의 돌과 볼드모트. 론과 헤르미온느는 적절한 때에 숨을 들이켜는 훌륭한 청중이었다. 해리가 퀴럴의 터번 속에 뭐가 있었는지 말했을 때 헤르미온느는 큰 소리로 비명까지 질렀다.

"그럼 그 돌은 사라진 거야?" 마침내 론이 물었다. "플라멜이 곧 죽을 거라고?"

"그건 내가 한 얘기고, 덤블도어 교수님은…… 뭐라더라? '잘 다듬어진 정신에게는 죽음도 또 한 번의 위대한 모험'이라고 했어."

"내가 늘 말했잖아, 머리가 좀 이상하다니까." 론은 자신의 영웅이 얼마나 미쳤는지 새삼 와닿는다는 듯한 표정으로 말했다.

"그런데 너희는 어떻게 했어?" 해리가 물었다.

"뭐, 나는 무사히 돌아갔어." 헤르미온느가 말했다. "일단 론을 깨웠어, 시간은 좀 걸렸지만. 그런 다음 덤블도어 교수님께 연락하려고 부엉이장으로 달려가는데 현관홀에서 교수님을 마주쳤어. 벌써 알고 계시더라고. 그냥 이렇게만 말씀하셨어. '해리가 그자를 쫓아갔구나. 그렇지?' 그러더니 4층으로 막 달려가셨어."

"해리 네가 그렇게 행동한 게 다 덤블도어의 뜻이었을까?" 론이 말했다. "너희 아버지가 쓰던 망토도 보내 주고, 뭐 그런 식으로 말이야."

"그럴 리가." 헤르미온느가 화를 냈다. "일부러 그런 거라면, 정말 끔찍한 일이야. 해리 넌 죽을 수도 있었어."

"아냐, 그렇지 않아." 해리가 생각에 잠긴 채 말했다. "특이한 분이야, 덤블도어 교수님은. 내 생각엔 나한테 기회를 주고 싶었던 것 같아. 난 덤블도어 교수님이 호그와트에서 벌어지는 일을 거의 다 알고 있을 거라 생각해. 교수님은 우리가 뭔가 해 보려 한다는 것을 짐작하고, 우리를 막는 대신 충분히 도움이 될 만큼의 가르침만 준 거야. 내가 그 거울이 작동하는 방식을 알아낸 것도 우연이었다는 생각은 안 들어. 할 수만 있다면 나한테 볼드모트와 싸울 권리가 있다고 생각하신 것 같아……."

"그래, 덤블도어는 미쳤어. 알았다니까." 론이 으스대듯 말했다. "잘 들어. 내일 종강 연회가 있으니까 그때까지는 털고 일어나야 돼. 점수 계산은 다 끝났고, 당연히 슬리데린이 이겼어……. 네가 지난번 퀴디치 경기에 빠지는 바람에 래번클로한테 처절하게 짓밟혔거든. ……그래도 음식은 맛있겠지.”

그 순간 폼프리 선생이 부산을 떨며 나타났다.

“15분 가까이 있었다. 이제 **나가.**” 폼프리 선생이 단호하게 말했다.

하룻밤 푹 자고 나자 해리는 거의 정상으로 돌아온 기분이 들었다.

“연회에 가고 싶어요.” 해리는 그가 받은 수많은 과자 상자를 펴서 정리하던 폼프리 선생에게 말했다. “그래도 되죠? 네?”

“덤블도어 교수님이 허락해 주라고 하시더구나.” 폼프리 선생이 코웃음 치면서 말했다. 연회가 환자에게 얼마나 위험할 수 있는지 덤블도어 교수가 모른다는 투였다. “그리고 면회 온 사람이 한 명 더 있단다.”

“아, 잘됐네요.” 해리가 말했다. “누군데요?”

해리가 그렇게 말한 순간 해그리드가 옆걸음으로 문을 통과했다. 그는 실내에 있으면 늘 그렇듯이 이곳에 있기엔 너무 큰 사람이었다. 그는 곁에 앉아 해리를 한번 보더니 울음을 터뜨렸다.

"이건…… 다…… 망할…… 내 잘못이야!" 해그리드가 두 손에 얼굴을 묻고 흐느꼈다. "내가 그 사악한 놈한테 복슬이를 지나가는 방법을 말해 줬어! 내가! 그놈이 모르는 건 딱 그거 하나였는데 내가 알려 주고 말았어! 네가 죽을 수도 있었잖아! 고작 용의 알 하나 얻자고! 다시는 술 안 마실 거야! 난 학교에서 쫓겨나 머글로 살았어야 했어!"

"해그리드!" 해리는 해그리드가 닭똥 같은 눈물로 턱수염을 적시며 슬픔과 후회로 몸을 떠는 것을 보고 깜짝 놀라 말했다. "해그리드, 그자는 어떻게든 알아냈을 거예요. 볼드모트잖아요. 아저씨가 말해 주지 않았어도 어떻게든 알아냈을 거라고요."

"네가 죽을 수도 있었다고!" 해그리드가 훌쩍거렸다. "그리고 그 이름은 말하지 마!"

"**볼드모트!**" 해리가 소리치자 해그리드는 너무 놀라 울음을 멈췄다. "저는 그자를 만났고, 그자의 이름을 부를 거예요. 기운 내요, 해그리드. 우리가 돌을 지켰잖아요. 돌이 사라졌으니 그자도 그것을 사용할 수 없어요. 개구리 초콜릿 하나 드세요, 엄청 많으니까……."

해그리드가 손등으로 코를 쓱 문질러 닦고 말했다. "그 말 들으니까 생각나네. 선물을 가져왔어."

"담비 고기 샌드위치는 아니죠?" 해리가 불안한 듯 묻자 해그리드는 희미하게나마 킥킥 웃었다.

"아냐. 덤블도어 교수님이 어제 휴가를 주셔서 마련할 수 있었어. 휴가가 다 뭐야, 원래는 나더러 짐을 싸라고 하셨어야 하는데…… 어쨌거나, 이걸 가져왔다."

해그리드가 내민 건 가죽 표지의 멋들어진 책처럼 보이는 물건이었다. 해리는 궁금해하며 책을 펼쳤다. 안은 마법사들의 사진으로 가득 차 있었다. 페이지마다 해리에게 미소 지으며 손을 흔들고 있는 사람들은 해리의 어머니와 아버지였다.

"너희 부모님 학창 시절 친구들한테 부엉이를 보내서 사진을 좀 달라고 부탁했어……. 너한테는 분명 한 장도 없을 테니까……. 마음에 드냐?"

해리는 아무 말도 할 수 없었지만 해그리드는 그의 마음을 이해했다.

그날 밤 해리는 혼자서 종강 연회가 열리는 곳으로 갔다. 폼프리 선생이 마지막으로 한 번 더 검사를 해 봐야 한다고 고집을 부려서 붙잡혀 있었던 바람에 대연회장은 이미 사람들로 가득 차 있었다. 슬리데린이 7년 연속으로 기숙사 우승컵을 차지하게 된 것을 축하하는 의미로 대연회장은 슬리데린의 색깔인 녹색과 은색으로 장식되었다. 슬리데린의 뱀이 그려진 거대한 현수막이 상석 뒤쪽의 벽을 뒤덮고 있었다.

해리가 대연회장으로 걸어 들어가자 갑자기 조용해졌다가, 다음 순간 모두가 한꺼번에 큰 소리로 떠들기 시작했다. 해리는 그리핀도르 식탁에 앉아 있는 론과 헤르미온느 사이로 슬며시 들어가, 사람들이 그를 보려고 자리에서 일어나는 것을 모른 척하려고 애썼다.

다행히 얼마 지나지 않아 덤블도어가 도착했다. 와글와글하던 소리가 잦아들었다.

"또 한 해가 저물었습니다!" 덤블도어가 활기차게 말했다. "그리고 맛있는 음식을 입에 넣기 전에, 어쩔 수 없이 이 늙은이가 듣기 싫은 목소리로 여러분을 괴롭혀야 할 것 같군요. 참으로 다사다난한 한해였지요! 여러분 모두의 머리가 예전보다는 좀 더 채워졌길 바랍니다⋯⋯. 다음 학기가 시작되기 전까지 머릿속을 상쾌하게 비워 낼 여름방학이 통째로 남아 있어요. ⋯⋯자, 내가 제대로 알고 있다면 이제 기숙사 우승컵을 시상할 순서인데요, 점수는 이렇습니다. 4위는 312점을 받은 그리핀도르, 3위는 352점의 후플푸프, 래번클로는 426점이고, 슬리데린은 472점입니다."

슬리데린 식탁에서 환호성을 지르고 발을 구르는 소리가 우레와 같이 터져 나왔다. 해리는 드레이코 말포이가 손에 든 잔으로 식탁을 두드리는 것을 보았다. 짜증 나는 광경이었다.

"그래요, 그래. 잘해 줬습니다, 슬리데린." 덤블도어가 말했다. "하지만 최근에 벌어진 몇 가지 사건을 고려해야 할 것 같군요."

연회장이 매우 고요해졌다. 슬리데린 학생들의 웃음이 조금씩 잦아들었다.

"엣헴." 덤블도어가 말했다. "막판 점수를 나누어 주려고 합니다. 어디 보자. 그렇지……. 먼저, 로널드 위즐리 군에게……."

론의 얼굴은 퍼렇게 질려서 마치 햇볕에 심하게 탄 순무처럼 보였다.

"오랫동안 호그와트에서 보지 못했던 최고의 체스 경기를 펼쳤으므로, 그리핀도르 기숙사에 50점을 드립니다."

그리핀도르의 환호성이 마법 천장에까지 닿을 듯했다.

머리 위의 별들이 흔들리는 것처럼 보였다. 퍼시가 다른 반장들에게 "내 동생이야! 내 막내 남동생이라고! 맥고나걸 교수님의 거인 체스 경기를 통과했어!"라고 외치는 소리가 들렸다.

연회장은 한참 만에 다시 조용해졌다.

"두 번째로, 헤르미온느 그레인저 양에게…… 뜨거운 불길을 마주하면서도 차가운 이성을 발휘한 데 대하여, 그리핀도르에 50점을 수여합니다."

헤르미온느가 팔에 얼굴을 묻었다. 해리는 그녀가 울음을 터뜨린 게 아닌가 하는 의문이 들었다. 식탁 이곳저곳에서 그리핀도르 학생들 모두 제정신이 아니었다. 조금 전보다 점수가 100점이나 올라간 것이다.

"세 번째, 해리 포터 군……." 덤블도어가 말했다. 연회장 안은 완벽한 침묵에 휩싸였다. "……순수한 배짱과 걸출한 용기를 보여 주었으므로, 그리핀도르에 60점을 드립니다."

귀가 먹먹할 정도의 환호성이 터져 나왔다. 목이 쉬도록 소리를 지르면서도 덧셈을 할 수 있었던 이들은 이제 그리핀도르의 점수가 472점이라는 사실을 알았다. 슬리데린과 똑같은 점수였다. 덤블도어가 해리에게 1점만 더 주었더라면 그리핀도르가 기숙사 우승컵을 차지했을 것이다.

덤블도어가 손을 들어 올렸다. 연회장 안은 점차 고요해졌다.

"용기에는 여러 가지 종류가 있습니다." 덤블도어가 미소를 지으며 말했다. "적에게 맞서는 데도 어마어마한 용기가 필요하지만, 친구들에게 맞서는 데도 마찬가지의 용기가 필요하지요. 그러므로 네빌 롱보텀 군에게 10점을 드립니다."

그리핀도르 식탁에서 터져 나온 소리가 너무도 커서, 대연회장 밖에 누군가가 서 있었다면 안에서 뭔가 폭발한 줄 알았을 것이다. 충격을 받아 하얗게 질린 네빌이 그를 끌어안는 사람들 속에 파묻혔을 때 해리, 론, 헤르미온느는 일어서서 소리를 지르고 환호성을 터뜨렸다. 네빌은 여태까지 그리핀도르를 위해 그토록 많은 점수를 받아 본 적이 없었다. 해리는 여전히 환호하면서 론의 옆구리를 쿡 찌르고 말포이를 가리켰다. 아마 전신 묶기 저주에 걸렸다 해도 그보다 더 넋이 나가고 충격받은 것처럼 보일 수는 없었을 것이다.

"그 말은" 하고, 덤블도어가 슬리데린의 몰락을 축하하는 래번클로와 후플푸프 학생들까지 가세한 폭풍 같은 박수갈채 너머로 소리쳤다. "실내 장식을 조금 바꿔야 한다는 뜻이겠지요."

덤블도어가 손뼉을 쳤다. 한순간에 녹색 벽걸이는 진홍색으로, 은색 벽걸이는 황금색으로 변했다. 거대한 슬리데린 뱀은 사라지고 위풍당당한 그리핀도르 사자가 그 자리를 차지했다. 스네이프는 소름 끼치는 억지웃음을 지으며 맥고나걸 교수와 악수했다. 스네이프와 눈이 마주치는 순간 해리는 자신에 대한 스네이프의 감정에 조금의 변화도 없다는 사실을 알 수 있었다. 그렇다고 해도 걱정되지는 않았다. 그것조차 다음 학기에는 평범한 삶으로 돌아가게 될 거라는 뜻으로 보였다. 호그와트에서의 삶이 평범한 것이라면 말이다.

해리 생애 최고의 저녁이었다. 퀴디치 경기에서 이겼을 때보다, 크리스마스 때보다, 산트롤을 쓰러뜨렸을 때보다도 좋았다······. 해리는 오늘 밤을 결코 잊지 못할 것이다.

해리는 시험 결과가 아직 나오지 않았다는 사실을 하마터면 잊을 뻔했지만, 어김없이 성적은 나왔다. 굉장히 놀랍게도 해리와 론 모두 좋은 점수로 시험을 통과했다. 헤르미온느는 당연히 학년 수석을 차지했다. 심지어 네빌도 약초학에서 받은 좋은 점수가 마법약에서 받은 최악의 점수를 메워 준 덕분에 간신히 시험을 통과했다. 못된 성격만큼이나 머리도 나쁜 고일이 떨어졌으면 좋겠다는 게 그들의 바람이었지만, 그 역시 통과했다. 유감스러운 일이었지만 론의 말처럼, 살면서 모든 걸 가질 수는 없는 법이다.

그리고 갑작스럽게, 옷장이 비워지고 짐들이 꾸려지고 화장실 구석에서 네빌의 두꺼비가 발견되었다. 방학 중에는 마법을 사용해서는 안 된다는 경고문이 담긴 통지서가 학생 모두에게 전달됐다("난 학교에서 이걸 나눠 주는 일을 까먹으면 좋겠다고 늘 생각했어"라고, 프레드 위즐리가 슬픈 듯 말했다). 해그리드가 와서 학생들을 나룻배가 있는 곳까지 데려다주었고, 그들을 태운 배들은 호수를 건넜다. 학생들은 호그와트 급행열차에 올라 시골 풍경이 점점 초록색으로, 점점 가지런하게 변해 가는 동안 왁자지껄 이야기를 나누고 웃음을 터뜨렸다. 버티 보트의 모든 맛이 나는 강낭콩 젤리를 먹는 동안 머글들이 사는 마을도 빠르게 지나갔다. 마침내 그들은 마법사 로브를 벗고 재킷과 코트를 입은 뒤 킹스크로스역의 9와 4분의 3 승강장에 내렸다.

모두가 승강장을 빠져나가는 데는 제법 시간이 걸렸다. 주름이 쪼글쪼글한 나이 든 역무원 한 명이 옆에 서서 학생들을 두셋씩 짝지어 통과하게 하고 있었다. 그들이 한꺼번에 딱딱한 벽을 뚫고 나가 주의를 끌고 머글들을 놀라게 만드는 일이 없도록 하려는 것이었다.

"이번 여름에 꼭 놀러와." 론이 말했다. "너희 둘 다. 부엉이를 보낼게."

"고마워." 해리가 말했다. "나한테도 손꼽아 기다릴 만한 게 필요할 테니까."

머글 세계로 돌아가는 문을 향해 걸어갈 때 사람들이 해리, 론, 헤르미온느를 밀치고 지나갔다. 그들 중 몇몇이 소리쳤다.

"잘 가, 해리!"

"또 보자, 포터!"

"여전히 유명 인사로군." 론이 씩 웃으며 말했다.

"지금 가는 곳에서는 전혀 아냐. 맹세해." 해리가 말했다.

해리, 론, 헤르미온느는 함께 문을 통과했다.

"저기 있어요, 엄마, 저기요. 보세요!"

론의 여동생 지니 위즐리였다. 하지만 지니가 가리키는 사람은 론이 아니었다.

"해리 포터다!" 지니가 높은 목소리로 외쳤다. "보세요, 엄마! 내가 봤⋯⋯."

"조용히 해라, 지니. 손가락질하는 건 예의 없는 짓이야."

위즐리 부인이 미소를 머금고 세 사람을 내려다보았다.

"바쁜 한 해였지?" 그녀가 물었다.

"엄청요." 해리가 말했다. "퍼지랑 스웨터 보내 주셔서 고맙습니다."

"이런, 그 정도야 아무것도 아니란다, 애야."

"준비는 됐나?"

버넌 이모부였다. 여전히 푸르뎅뎅한 얼굴에 콧수염을 기르고 있었으며, 평범한 사람들로 가득한 역에서 올빼미가 들어 있는 새장을 들고 있는 해리의 대담함에 몹시 화가 난 것처럼 보였다. 그의 뒤에는 피튜니아 이모와 더들리가 서 있었는데, 해리를 본 것만으로도 겁에 질린 모습이었다.

"해리의 가족분들이시군요!" 위즐리 부인이 상냥하게 말했다.

"굳이 말하자면야." 버넌 이모부가 퉁명스레 말했다. "서둘러라, 녀석아. 하루 종일 죽치고 있을 셈이냐?" 그는 그 말을 내뱉고 멀어져 갔다.

해리는 론, 헤르미온느와 마지막으로 한마디 나누려고 남아 있었다.

"그럼, 여름에 보자."

"너도…… 어…… 방학 즐겁게 보내." 헤르미온느가 긴

가민가한 표정으로 버넌 이모부를 보며 말했다. 저렇게 무례한 사람이 있을 수 있다는 데 충격을 받은 듯했다.

"아, 그럴 거야." 해리가 말했다. 두 사람은 그의 얼굴에 함박웃음이 떠오르는 것을 보고 놀랐다. "*저 사람들은* 우리가 집에서 마법을 못 쓰게 돼 있다는 걸 모르잖아. 이번 여름에는 더들리랑 즐거운 시간을 보낼 거야……."

(제2권《해리 포터와 비밀의 방 1》에서 계속됩니다.)

✸ 기숙사 배정 ✸

"기숙사 네 곳의 이름은 각각
그리핀도르, 후플푸프, 래번클로, 슬리데린입니다.
각 기숙사는 고귀한 역사를 지니고 있으며
저마다 훌륭한 마법사들을 배출했습니다."

맥고나걸 교수

학생들은 처음 대연회장에 들어설 때 네 개의 커다란 식탁을 마주하게 됩니다. 각 식탁마다 같은 욕망과 자질을 가진 친구들이 무리 지어 앉아 있지요. 기숙사로는 후플푸프, 그리핀도르, 슬리데린, 래번클로가 있는데, 이 모든 기숙사의 역사는 각 기숙사의 창립자였던 네 친구(그중 일부는 훗날 적이 되었지만)가 저마다 가장 값지게 여기는 자질들을 근거로 학생들을 기숙사에 나눠 배정하기로 선택한 호그와트의 창립 당시까지 거슬러 올라갑니다.

환영 만찬이 시작되기 전에 1학년 학생들은 모두 이 네 기숙사 중 한 곳에 배정됩니다. 맥고나걸 교수가 학생을 한 명씩 앞으로 불러내 낡고 해진 모자를 머리에 씌우고 모자가 결정을 내리기를 기다립니다. 기숙사 배정은 보통 몇 초밖에 걸리지 않지만, 가끔 더 오래 걸리기도 합니다. 드문 일이긴 하지만 학생을 배정하기가 유난히 어려운 경우에는 모자가 결정을 내리기까지 5분 이상이 걸리기도 하는데 이런 학생들을 '모자걸이'라고 합니다. 다름 아닌 맥고나걸 교수도 그런 경우였습니다. 그녀가 호그와트에 도착했을 때, 모자는 이 어린 마법사를 그리핀도르에 넣어야 할지 래번클로에 넣어야 할지 결정하느라 애를 먹었습니다.

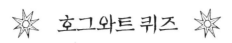

호그와트 퀴즈

호그와트 마법학교와 그곳의 기숙사들에 대해 얼마나 아시나요?
다음의 퀴즈를 풀며 알아보세요.

1. 다음 중 어떤 호그와트 기숙사가 탑에 자리 잡고 있나요?

    a. 후플푸프와 그리핀도르

    b. 그리핀도르와 래번클로

    c. 래번클로와 후플푸프

    d. 그리핀도르와 슬리데린

2. 그리핀도르 휴게실을 제외하고, 해리 포터가 정식으로 초청받고 방문했던 기숙사 휴게실은 어느 곳인가요?

    a. 후플푸프

    b. 래번클로

    c. 슬리데린

    d. 없음—해리 포터는 다른 기숙사 휴게실에 초청받은 적이 한 번도 없다.

3. 기숙사 배정 모자는 헤르미온느와 네빌을 배정하기를 어려워했습니다. 기숙사 배정 모자가 다른 결정을 내렸다면, 헤르미온느와 네빌은 어느 기숙사에 들어갔을까요?

    a. 후플푸프와 래번클로

    b. 래번클로와 후플푸프

    c. 슬리데린과 래번클로

    d. 후플푸프와 슬리데린

4. 후플푸프 기숙사의 담임 교수는 누구인가요?

    a. 맥고나걸 교수

    b. 빈스 교수

    c. 스프라우트 교수

    d. 스네이프 교수

5. 로위너 래번클로의 딸의 이름은 무엇인가요?

    a. 엘리너

    b. 레오노라

    c. 아리아나

    d. 헬레나

6. 다음 중 살라자르 슬리데린의 후계자인 호그와트 학생은 누구인가요?

    a. 드레이코 말포이

    b. 톰 리들

    c. 마커스 플린트

    d. 빈센트 크래브

7. 후플푸프 기숙사의 유령은 누구인가요?

    a. 뚱뚱한 귀부인

    b. 피투성이 남작

    c. 뚱보 수도사

    d. 피브스

8. 덤블도어 교수는 해리, 론, 헤르미온느, 네빌이 퀴럴 교수를 물리치는 일에 한몫한 이후 이들에게 상당히 많은 기숙사 점수를 주었습니다. 네빌이 받은 점수는 몇 점인가요?

    a. 150점

    b. 50점

    c. 60점

    d. 10점

9. 래번클로의 기숙사 점수 모래시계를 채우고 있는 보석은 무엇인가요?

    a. 에메랄드

    b. 루비

    c. 다이아몬드

    d. 사파이어

10. 역사적으로, 뿌리 깊은 라이벌 관계였던 기숙사는 어느 곳인가요?

    a. 후플푸프와 슬리데린

    b. 래번클로와 후플푸프

    c. 래번클로와 그리핀도르

    d. 슬리데린과 그리핀도르

이 책의 마지막 페이지를 펼쳐 정답을 알아보세요.

당신의 기숙사

후플푸프를

더 알고 싶다면 계속 읽어 보세요.

🐝 기숙사 휴게실 🐝

해리는 호그와트에 다니던 시절 후플푸프 기숙사 휴게실에 들어갈 기회가 한 번도 없었지만, 우리는 그곳이 주방 옆 지하실에 자리 잡고 있다는 사실을 알고 있습니다. 휴게실 입구는 잔뜩 쌓인 나무통들로 가려져 있습니다. 그곳에 들어가려면 "헬가 후플푸프"를 발음할 때의 박자에 맞춰 밑에서 두 번째 줄 가운데에 있는 나무통을 두드려야 합니다. 후플푸프 기숙사 휴게실은 초대받지 못한 사람들에게 벌을 줄 방법을 갖추고 있는 유일한 휴게실입니다. 엉뚱한 박자로 나무통을 두드리면, 후플푸프 학생인 척하는 자는 식초를 뒤집어쓰게 되지요.

일단 휴게실에 들어가면, 학생들은 후플푸프의 색깔인 노란색과 검은색 걸개로 장식된 아늑하고 둥근 방에서 환영받는 느낌을 받게 됩니다. 방의 상당 부분이 지하에 있지만, 지표면 바로 위에 설치된 둥그란 창문들을 통해 햇빛이 들어옵니다. 빵빵한 안락의자가 수없이 있으며, 지하의 통로는 나무통 뚜껑처럼 생긴 둥근 문이 달린 침실들로 이어집니다. 기숙사를 처음 만든 마법사 헬가 후플푸프가 난로 위에 걸려 있는 초상화 속에서 제자들을 내려다보고 있습니다.

기억할 만한 후플푸프 학생

◆ 세드릭 디고리 ◆

애칭: 세드.

외모: 키가 크고 다부진 체격이며, 오뚝한 코에 검은 머리카락, 회색 눈동자를 가진 잘생긴 외모.

가족: 세드릭의 아버지 에이머스 디고리는 마법 정부의 마법 생명체 통제 관리부에서 일하는 마법사입니다. 그와 그의 아내는 외아들인 세드릭을 무척 자랑스러워합니다.

마법 지팡이: 물푸레나무, 유니콘 털, 31센티미터.

능력: 퀴디치 수색꾼 겸 주장으로, 트라이위저드 대회에서 호그와트 대표 선수로 뽑혔습니다.

소속 및 수상 경력: 트라이위저드 대회에서 해리 포터와 공동 우승.

알고 계셨나요? 세드릭이 죽은 뒤 '프라이오리 인칸타템' 마법이 그를 메아리처럼 리틀 행글턴 묘지에 다시 불러왔고, 그는 볼드모트와 싸우는 해리 포터를 도왔습니다.

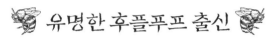 유명한 후플푸프 출신

♦ 님파도라 통스 ♦

애칭: 통스 혹은 도라.

외모: 하얀 달걀형 얼굴의 젊은 여자 마법사로, 반짝반짝 빛나는 검은색 눈동자와 밝은 색깔(보통 보라색이지만, 가끔 현란한 분홍색일 때도 있음) 머리카락의 소유자.

가족: 통스의 아버지는 에드워드 '테드' 통스(머글 태생 마법사)이고 어머니는 안드로메다 블랙(마법사)입니다. 안드로메다는 죽음을 먹는 자인 벨라트릭스 레스트레인지, 나르시사 말포이와 자매지간입니다. 통스는 리머스 루핀과의 사이에서 에드워드 '테디' 리머스라는 아들을 두었습니다.

능력: 통스는 유능한 오러로, '매드아이' 앨러스터 무디 밑에서 수련했습니다. 통스는 메타모르프마구스이기도 한데, 그 말은 그녀가 외모를 마음대로 바꿀 수 있다는 뜻입니다.

소속 및 수상 경력: 불사조 기사단의 일원이자 오러. 호그와트 전투 중 사망했습니다.

알고 있나요? 통스의 패트로누스는 토끼였지만, 그녀가 사랑에 빠진 뒤 늑대로 변했습니다.

♦ 뉴턴 아르테미스 피도 스캐맨더 ♦

애칭: 뉴트.

외모: 주로 마법 가방을 들고 다니는 모습으로 목격되며, 가끔 연미복 윗주머니에 보우트러클이 들어 있기도 합니다.

가족: 뉴트의 어머니는 멋진 히포그리프들을 기르는 사육사였으며, 뉴트가 어렸을 때부터 마법 동물들에 대한 그의 흥미를 북돋워 주었습니다. 뉴트는 뉴욕으로 운명적인 모험을 떠났을 때 만난 포펜티나 골드스틴과 결혼했습니다. 현재 그는 아내와 반려동물 크니즐인 호피, 밀리, 몰러와 함께 도싯에서 살고 있습니다.

능력: 유명한 마법 동물학자이자《신비한 동물 사전》의 저자.

소속 및 수상 경력: 2급 멀린 훈장 수훈, 늑대인간 등록제 및 실험적 사육 금지 법안에 기여. 뉴트는 용 연구 및 통제 위원회와도 많은 일을 했습니다.

알고 계셨나요? 뉴트 스캐맨더의 걸작《신비한 동물 사전》은 1927년에 출간된 이후로 줄곧 호그와트 마법학교의 공인 교과서였습니다.

후플푸프
기숙사 담임 교수

◆ 포모나 스프라우트 ◆

직업: 호그와트 약초학 교수.

생일: 5월 15일.

마법 지팡이: 속성이 알려지지 않음.

능력: 높은 성취를 이룬 노련한 약초학자이자 위험한 식물들에 관한 전문가. 해리와 론이 아서 위즐리의 날아다니는 포드 앵글리아를 타고 불행한 사고를 일으키는 바람에 손상된 후려치는 버드나무를 치료한 사람이 스프라우트 교수입니다.

외모: 땅딸막한 몸집의 명랑한 마법사로, 잔뜩 헝클어진 머리카락에 천을 덧대어 기운 모자를 쓰고 다닙니다. 스프라우트 교수의 옷과 손톱 밑에는 보통 흙이 잔뜩 묻어 있습니다.

주로 만날 수 있는 곳: 호그와트 성 뒤의 온실. 3번 온실에는 비교적 위험하고 희귀한 식물들이 있습니다.

알고 계셨나요? 스프라우트 교수는 동료 교수인 플리트윅 교수와 오랜 기간 교제해 왔습니다. 안타깝게도 인연은 맺어지지 않았지만, 둘은 여전히 친구입니다.

스프라우트가 한 말:

> "멍울초란다." 스프라우트 교수가 활기차게 말했다.
> "저걸 짜 줘야 해. 너희는 그 고름을 모아서……."

POMONA
SPROUT

포모나 스프라우트

🐝 기숙사 우승컵 🐝

호그와트 기숙사 우승컵은 한 학년이 끝날 때마다 가장 많은 점수를 딴 기숙사에 주어집니다. 맥고나걸 교수의 말을 빌리면, "(여러분이 거둔) 승리는 여러분이 속한 기숙사의 점수가 될 테고, 어떤 식으로든 규칙을 위반하면 기숙사의 점수가 깎일 것입니다". 기숙사 점수를 기록하기 위해 현관 홀 한쪽 구석에 마법에 걸린 거대한 모래시계 네 개가 설치되어 있습니다. 기숙사 점수는 보석의 개수로 나타나는데, 이 보석들은 모래시계 윗부분을 채우고 있다가 점수를 받으면 아랫부분으로 흘러내리고 감점을 당하면 다시 위로 올라갑니다.

이 제도는 해당 1년 중 가장 큰 성공을 거둔 기숙사가 자긍심을 가질 수 있도록 모범적인 행동에 보상을 주기 위해 고안되었지만, 기숙사 점수 제도가 그리 공정하지 않았던 적도 있습니다. 덜로리스 엄브리지가 교장이었을 때, 그녀의 장학관 직속 선도부는 매우 편향된 기준으로 기숙사 점수를 깎거나 주곤 했습니다.

후플푸프의 기숙사 점수를 기록하는 모래시계는 다이아몬드로 가득 차 있습니다. J.K. 롤링에 따르면, 후플푸프 사람들이야말로 다이아몬드이기 때문이지요! 해리가 호그와트에 다니던 시절에 후플푸프가 기숙사 우승컵을 탄 적이 있는지 알아내기란 불가능하지만, 기꺼이 노력하는 후플푸프의 성향을 생각해 보면 그들이 우승을 거뒀거나, 거의 우승할 뻔한 적이 있었을 가능성이 큽니다. 예컨대 퀴디치 주장이자 수색꾼인 세드릭 디고리가 기숙사에 벌어다 준 점수를 생각해 보세요. 비록 진정한 후플푸프 스타일답게, 디고리는 자신이 골든 스니치를 잡은 순간에 상대편 수색꾼 해리 포터가 경기 불능 상태였다는 얘기를 듣고 재경기를 요구했지만 말입니다.

1.b, 2, b.3, b.4, c.5, d.6, b.7, c.8, d.9, d.10, d

호그와트 지도 정답

강동혁은 서울대학교 영문학과와 사회학과를 졸업하고 같은 학교 대학원에서 영문학 석사학위를 받았다. 옮긴 책으로는 《신비한 동물사전 원작 시나리오》, 《일곱 건의 살인에 대한 간략한 역사》, 《레스》, 《이 소년의 삶》 등이 있다.

해리 포터와 마법사의 돌 2(후플푸프 기숙사 에디션)

초판 1쇄 인쇄 2022년 4월 5일
초판 1쇄 발행 2022년 5월 4일

지은이 | J.K. 롤링
옮긴이 | 강동혁
발행인 | 강봉자, 김은경

펴낸곳 | (주)문학수첩
주소 | 경기도 파주시 회동길 503-1(문발동 633-4) 출판문화단지
전화 | 031-955-9088(마케팅부), 9532(편집부)
팩스 | 031-955-9088
등록 | 1991년 11월 27일 제16-482호

홈페이지 | www.moonhak.co.kr
블로그 | blog.naver.com/moonhak91
이메일 | moonhak@moonhak.co.kr

ISBN 978-89-8392-909-9 04840
       978-89-8392-901-3 (세트)

* 파본은 구매처에서 바꾸어 드립니다.